LE LIVRE DE LA SÉRÉNITÉ

Journaliste et scénariste, Catherine Rambert est également l'auteur de : *Des femmes d'influence* (1991), *La Fête des maires* (1993) et *La Présidente* (1997).

CATHERINE RAMBERT

Le Livre de la sérénité

ÉDITIONS 1

À ma mère,
qui croyait tant au bonheur.

Et à Christophe,
évidemment.

« Je t'attendrai toujours.
C'est ainsi que je te retrouve. »

Le Rendez-vous, Justine Lévy, Plon.

« Tu t'agites, tu t'agites, l'important,
c'est de donner un sens à ta vie. »

André Téchiné

Introduction

À propos de la sérénité

« Il n'y a qu'un devoir, c'est d'être heureux », écrivait Diderot. Mais qui sait vraiment ce qu'est « être heureux » ? Est-ce un état de bien-être insaisissable que l'on croit parfois tenir et qui s'échappe un instant plus tard, pour revenir lorsqu'on ne l'attend pas ? Est-ce une émotion jaillie d'on ne sait où, qui nous submerge sans que l'on sache vraiment pourquoi ? Un sentiment de plénitude ? Une succession de petites joies ? Ou plus simplement la conscience de n'être, au fond, pas si malheureux ?

Et si être heureux, c'était être serein ? Si l'on s'en tient à la définition du Larousse, la sérénité est un état de calme provenant d'une paix morale qui n'est pas troublée. On pourrait ajouter sans risquer de se tromper que la sérénité découle de l'acceptation des choses et des événements. C'est une prise de conscience. Se satisfaire de ce que l'on a, se soumettre à son destin, et en tirer un aussi bon parti que possible, c'est vivre sereinement. « Ne demande pas que les choses arrivent comme tu veux. Mais veuille qu'elles arrivent comme elles arrivent, et tu seras heureux », résume Épictète, qui était esclave – un esclave maltraité de surcroît – mais heureux de son sort.

La sérénité, comme on le découvre à travers les écrits des philosophes rassemblés dans ce livre, est une quête et un travail de tous les instants. Nous aspirons tous à être sereins, malgré les difficultés et les tracas quotidiens. Car la sérénité, nous le savons, est une forme de bonheur. Mais pas seulement.

Comme un arbre qui a besoin d'eau et d'attention pour s'épanouir, la sérénité s'entretient, se cultive, se mérite. C'est ce que nous apprennent les philosophes et les penseurs qui depuis des siècles l'ont cherchée, eux aussi. En les lisant ou les relisant, on découvre que la quête du bonheur demeure la même de toute éternité. Les règles et les préceptes répertoriés ici sont d'une étonnante actualité. Ils sont comme ces conseils qu'une grand-mère vous distillerait au coin du feu, empreints de sagesse et de sérénité.

Gracián, Sénèque, Épicure, Ésope, Confucius, Lao-tseu, Pascal, Marc Aurèle, La Rochefoucauld, Chamfort, Madame du Châtelet, Rainer Maria Rilke, Oscar Wilde, autant qu'Antoine de Saint-Exupéry, Alain ou Giono, font écho à nos préoccupations actuelles. Maximes, réflexions sur le temps qui passe et le sens de la vie, pensées fulgurantes se côtoient pour nous faire toucher du doigt ce que pourrait être cet état de félicité que l'on appelle sérénité. On y découvre que la sérénité – comme le bonheur d'ailleurs – est avant tout un état d'esprit – « je suis heureux parce que j'ai décidé d'être heureux ». À chacun d'entre nous donc d'y puiser une règle de vie, au gré de nos envies, de nos doutes, de nos besoins. À lire et relire ces textes, dont certains sont très anciens, on prend conscience que leurs auteurs étaient habités, malgré leur sagesse, par des tourments et des inquiétudes finalement très semblables aux nôtres. Libre à chacun d'appliquer ou non ces préceptes dont la simplicité frappe autant que la sérénité qui en émane. Avoir ce livre entre les mains, c'est déjà être serein.

Catherine RAMBERT

Première partie

DE L'ART D'ÊTRE SEREIN

1

Vivre en accord avec soi-même

« Le plus grand secret du bonheur, c'est d'être bien avec soi », écrivait Fontenelle au XVIIe siècle. On pourrait en dire autant pour la sérénité. Les sages grecs et romains de l'Antiquité, et notamment les stoïciens, l'avaient bien compris, et ne disaient, à leur manière, pas autre chose lorsqu'ils affirmaient que le bonheur, et donc la sérénité, ne sont rien d'autre qu'une prise de conscience, un état de bien-être qui nous procure l'acceptation des choses comme elles viennent. Pour espérer être heureux, il suffirait donc de décider de l'être, tout simplement. Satisfais-toi de peu, ne désire rien, en somme, et tu connaîtras la félicité. Telle pourrait être la philosophie du bonheur.

Certes, ces notions paraissent, aujourd'hui, bien abstraites et bien austères, à une époque où l'avoir et le paraître sont érigés en dogmes et où tout semble reposer sur l'apparence, le superficiel, l'illusion. Comme si le bonheur, de nos jours, se résumait à vouloir toujours plus : plus d'argent, plus de reconnaissance, plus de temps, plus de vacances, plus de tout... Du coup, les contrariétés, les soucis d'argent et les mille petits ennuis quotidiens qui jalonnent nos existences nous paraissent autant d'obstacles au bonheur.

D'un côté, pas assez de biens ; de l'autre, trop de tracas... Nous exigeons toujours plus, nous posons toujours plus de conditions...

Le bonheur, Dieu merci, n'est pas aussi exigeant que nous. Il se contente de peu. C'est un grand silencieux qui ne se fait voir que dans la quiétude et dans les petites choses. C'est ce rayon de soleil qui se faufile par l'entrebâillement d'une porte, c'est un livre ouvert, une tasse de café fumant, ce sont des gosses qui jouent et rient dans la rue, c'est ouvrir les yeux et regarder. C'est être là. Simplement là. En accord avec soi-même.

« Le but de la vie est le développement personnel. Parvenir à une parfaite réalisation de sa nature – c'est pour cela que nous sommes tous ici. »

OSCAR WILDE, *Aphorismes*

« Celui qui atteint son idéal le dépasse par là même. »

NIETZSCHE, *Par-delà bien et mal*

« Combien de temps encore différeras-tu de te juger digne de ce qu'il y a de meilleur, et de respecter tout ce que décide la raison ? »

ÉPICTÈTE, *Manuel d'Épictète*

« Attache-toi à ce qui te paraît le meilleur, comme si Dieu t'avait désigné pour ce poste. Souviens-toi que, si tu persévères, ceux mêmes qui d'abord se moquaient de toi t'admireront plus tard. Mais, si tu te laisses abattre, tu te rendras doublement ridicule. »

ÉPICTÈTE, *Manuel d'Épictète*

« Le grand secret de la vie est de se proposer un digne but et ne le perdre jamais de vue. »

CHRISTINE DE SUÈDE, *Maximes*

« Si tu remplis la tâche présente en obéissant à la droite raison, avec empressement, énergie, bienveillance et sans y mêler aucune affaire accessoire ; si tu veilles à ce que soit toujours conservé pur ton génie intérieur, comme s'il te fallait le restituer à l'instant ; si tu rattaches cette obligation au précepte de ne rien attendre et de ne rien éluder ; si tu te contentes, en ta tâche présente, d'agir conformément à la nature, et, en ce que tu dis et ce que tu fais entendre, de parler selon l'héroïque vérité, tu vivras heureux. Et il n'y a personne qui puisse t'en empêcher. »

MARC AURÈLE, *Pensées pour moi-même*

« L'homme heureux, c'est celui qui s'est attribué à lui-même un bon lot, et un bon lot, ce sont de bonnes orientations d'âme, de bonnes tendances, de bonnes actions. »

MARC AURÈLE, *Pensées pour moi-même*

« Donc être heureux, c'est avoir un jugement droit ; être heureux, c'est se contenter de son sort présent, quel qu'il soit, et aimer ce que l'on a ; être heureux, c'est laisser à la raison le soin de donner son prix à tout ce qui constitue notre existence. »

SÉNÈQUE, *La Vie heureuse*

« On peut appeler heureux celui qui n'a ni désir ni crainte grâce à la raison. »

SÉNÈQUE, *La Vie heureuse*

« Moins nous posons de conditions, plus grandes sont nos chances de bonheur. »

ROBERT HOLDEN, *Vivre merveilleusement*

« Le bonheur, c'est une âme libre, élevée, intrépide, constante, inaccessible à la crainte comme au désir, pour qui le seul bien est la beauté morale, le seul mal, l'avilissement, et tout le reste, un amas de choses incapables d'enlever ou d'ajouter rien au bonheur, allant et venant sans accroître ni diminuer le souverain bien. Un principe aussi solidement établi entraînera nécessairement, qu'on le veuille ou non, une gaieté continuelle, une allégresse profonde et qui vient du fond de l'être, puisqu'elle met sa joie dans ce qu'elle possède et ne désire rien au-delà de ce qu'elle trouve dans son milieu. »

SÉNÈQUE, *La Vie heureuse*

« Un des grands secrets du bonheur est de modérer ses désirs et d'aimer les choses qu'on possède. La nature, dont le but est toujours notre bonheur (et j'entends par nature tout ce qui est instinct et sans raisonnement), la nature, dis-je, ne nous donne des désirs que conformément à notre état (...). C'est à notre esprit et à nos réflexions à fortifier cette sage sobriété de la nature ; on n'est heureux que par des désirs satisfaits ; il faut donc ne se permettre de désirer que les choses qu'on peut obtenir sans trop de soins et de travail, et c'est un point sur lequel nous pouvons beaucoup pour notre bonheur. Aimer ce qu'on possède, savoir en jouir, savourer les avantages de son état, ne point trop porter sa vue sur ceux qui nous paraissent plus heureux, s'appliquer à perfectionner le sien et à en tirer le meilleur parti possible, voilà ce qu'on doit appeler heureux ; et je crois faire une bonne définition en disant que le plus heureux des hommes est celui qui désire le moins le changement de son état. »

MADAME DU CHÂTELET, *Discours sur le bonheur*

« Il faut que celui qui se propose la tranquillité de l'âme ne se charge que de peu d'affaires, mais aussi bien à titre de particulier qu'à titre de citoyen ; il ne doit rien entreprendre qui dépasse ses forces et sa nature ; il doit se tenir sur ses gardes, afin de pouvoir négliger la fortune, même quand elle lui est hostile ou qu'elle semble l'entraîner irrésistiblement ; enfin, il ne doit s'attacher qu'à ce qui ne dépasse pas ses forces ; la charge que soutiennent nos épaules doit être moins lourde que facile à porter. »

DÉMOCRITE, *Fragments*

« Paix et tranquillité, voilà le bonheur. »

Proverbe chinois

« L'homme qui regarde l'horizon ne voit pas la prairie devant lui. »

Proverbe indien

« Il y a des moments où il faut choisir entre vivre sa propre vie pleinement, entièrement, complètement, ou traîner l'existence dégradante, creuse et fausse que le monde, dans son hypocrisie, nous impose. »

OSCAR WILDE, *Aphorismes*

« On n'est jamais si heureux ni si malheureux qu'on s'imagine. »

LA ROCHEFOUCAULD, *Maximes*

« L'essentiel pour le bien-être, c'est donc la santé et ensuite les moyens nécessaires à notre entretien, et par conséquent une existence libre de soucis. L'honneur, l'éclat, la grandeur, la gloire, quelque valeur qu'on leur attribue, ne peuvent entrer en concurrence avec ces biens essentiels ni les remplacer ; bien au contraire, le cas échéant, on n'hésiterait pas un instant à les échanger contre les autres. Il sera donc très utile pour notre bonheur, de connaître à temps ce fait si simple que chacun vit d'abord et effectivement dans sa propre peau et non dans l'opinion des autres, et qu'alors naturellement notre condition réelle et personnelle, telle qu'elle est déterminée par la santé, le tempérament, les facultés intellectuelles, le revenu, la femme, les enfants, la résidence, etc., est cent fois plus importante pour notre bonheur que ce qu'il plaît aux autres de faire de nous. L'illusion rend au contraire malheureux. »

SCHOPENHAUER, *Aphorismes sur la sagesse de la vie*

« Tout homme qui se croit heureux l'est. »

CHRISTINE DE SUÈDE, *Maximes*

« Savoir vivre est aujourd'hui le vrai savoir. »

GRACIÁN, *L'Homme de cour*

« Vivre est ce qu'il y a de plus rare au monde. La plupart des gens existent – c'est tout. »

OSCAR WILDE, *Aphorismes*

« Tout être animé, en effet, est naturellement porté à fuir et à se détourner de ce qui lui paraît un mal, et de ce qui en est la cause, à rechercher et à s'éprendre de ce qui lui paraît un bien, et de ce qui le procure. Il est donc impossible, à celui qui se croit lésé, d'aimer celui qui paraît le léser, comme il lui est impossible aussi d'aimer le dommage en lui-même. »

ÉPICTÈTE, *Manuel d'Épictète*

« Il n'y a qu'un devoir, c'est d'être heureux. »

DIDEROT, *Entretiens*

« Le bonheur vient de l'attention aux petites choses, et le malheur de la négligence des petites choses. »

LIOU-HIANG

« L'art d'être heureux

Il y a des règles de bonheur, et le bonheur n'est pas toujours fortuit à l'égard du sage ; son industrie y peut aider. Quelques-uns se contentent de se tenir à la porte de la fortune, en bonne posture, et attendent qu'elle leur ouvre. D'autres font mieux, ils passent plus avant, à la faveur de leur hardiesse et de leur mérite, et tôt ou tard ils gagnent la fortune, à force de la cajoler. Mais, à bien philosopher, il n'y a point d'autre arbitre que celui de la vertu et de l'application ; car, comme l'imprudence est la source de toutes les disgrâces de la vie, la prudence en fait tout le bonheur. »

GRACIÁN, *L'Homme de cour*

« Pour vivre, laisse vivre. »

GRACIÁN, *L'Homme de cour*

« Ne point faire une affaire de ce qui n'en est pas une. Comme il y a des gens qui ne s'embarrassent de rien, d'autres s'embarrassent de tout, ils parlent toujours en ministres d'État. Ils prennent tout au pied de la lettre ou au mystérieux. Des choses qui donnent du chagrin, il y en a peu dont il faille faire cas, autrement on se tourmente bien en vain. C'est faire un contresens que de prendre à cœur ce qu'il faut jeter derrière le dos. Beaucoup de choses qui étaient de quelque conséquence n'ont rien été parce que l'on ne s'en est pas mis en peine ; et d'autres qui n'étaient rien sont devenues chose d'importance, pour en avoir fait grand cas. Du commencement, il est aisé de venir à bout de tout ; après cela, non. Très souvent le mal vient du remède même. Ce n'est donc pas la pire règle de la vie que de laisser aller les choses. »

GRACIÁN, *L'Homme de cour*

« Qu'est-ce qui distingue l'homme de bien ? Sa soumission à son destin. »

SÉNÈQUE, *La Providence*

« Le bonheur n'est pas une chose aisée, il est très difficile de le trouver en nous, et impossible de le trouver ailleurs. »

CHAMFORT, *Maximes et pensées*

« Tous les sots sont opiniâtres, et tous les opiniâtres sont sots. Plus leurs sentiments sont erronés, moins ils en démordent. »

GRACIÁN, *L'Homme de cour*

… tout simplement vouloir être heureux pour …, là, maintenant ? Un peu comme ces bonnes …ons que l'on prend au début de chaque année, …ons de devenir les artisans de notre bonheur, là, m…ntenant. Car « le bonheur est en soi », rappelle un proverbe latin. Alors prenons la résolution de faire de la journée qui commence une journée réussie, quels que soient les événements ou les imprévus qui la traverseront. Cela passe par des choses très simples comme accrocher un sourire à son visage, être un peu plus patient, un peu plus calme, un peu plus indulgent. Mais aussi ne pas se laisser empoisonner plus que de raison par les petits tracas quotidiens. Rappelez-vous que les choses n'ont jamais que l'importance qu'on leur donne et qu'il ne tient qu'à nous de les ramener à leur juste valeur.

« L'effort qu'on fait pour être heureux n'est jamais perdu. »

ALAIN, *Propos sur le bonheur*

« Le bonheur, c'est de le chercher. »

JULES RENARD, *Journal*

« Sois heureux un instant, cet instant c'est ta vie. »

KHAYYAM, *Quatrains*

« Nous nous tourmentons moins pour devenir heureux que pour faire croire que nous le sommes. »

LA ROCHEFOUCAULD, *Maximes*

« Le petit métier que tu as appris, aime-le et donne-lui tout ton acquiescement. »

MARC AURÈLE, *Pensées pour moi-même*

« Vivre dans une immense, une orgueilleuse sérénité, toujours au-delà... Se passionner pour ou contre à sa guise, ou ne pas se passionner, condescendre à ses passions pour quelques heures, monter ses passions comme des chevaux, comme des ânes, car on doit savoir utiliser leur sottise aussi bien que leur fougue. Conserver ses trois cents avant-scènes, conserver aussi ses lunettes noires, car il est des cas où personne ne doit pouvoir nous regarder dans les yeux, encore moins scruter notre fond. Et vivre dans la société de ce vice ironique et joyeux, la courtoisie. Et rester maître de ses quatre vertus, le courage, la lucidité, l'intuition, la solitude. »

NIETZSCHE, *Par-delà bien et mal*

« L'activité est indispensable au bonheur ; il faut que l'homme agisse, fasse quelque chose si cela lui est possible ou apprenne au moins quelque chose ; ses forces demandent leur emploi, et lui-même ne demande qu'à leur voir produire un résultat quelconque. Sous ce rapport, sa plus grande satisfaction consiste à faire, à confectionner quelque chose, panier ou livre ; mais ce qui donne du bonheur immédiat, c'est de voir jour par jour croître son œuvre sous ses mains et de la voir arriver à sa perfection. Une œuvre d'art, un écrit ou même un simple ouvrage manuel produisent tout cet effet ; bien entendu, plus la nature du travail est noble, plus la jouissance est élevée. »

SCHOPENHAUER, *Aphorismes sur la sagesse de la vie*

2

De la simplicité

Rester soi-même, ne pas s'encombrer d'atours et de faux-semblants, oser dire ce que l'on est, affirmer avec douceur et fermeté ce que l'on pense et ce que l'on croit, ne pas chercher à paraître, ni à masquer, ni à feindre, aller vers sa vérité... Voilà la règle de conduite que chacun d'entre nous devrait adopter dans sa vie. Rien n'est plus doux, rappellent les philosophes, que de rester en accord avec soi-même. C'est une nécessité d'aller toujours « vers le chemin le plus court », affirme Marc Aurèle.

On est toujours plus heureux et plus serein lorsqu'on a su se comporter ou dire quelque chose simplement. On se sent « allégé ». En accord avec soi-même. N'est-ce pas d'ailleurs paradoxal de constater aujourd'hui qu'il faut un certain courage – oui, du courage, alors que ce devrait être l'évidence ! – pour rester simple ? « La simplicité, qui devrait être une qualité naturelle, a souvent besoin d'étude pour s'acquérir », note La Rochefoucauld.

Il en va de même en société, ou entre amis. Souvent la tentation est grande, dès que nous sommes confrontés au regard d'autrui, de revêtir les habits d'un personnage qui n'est pas vraiment le nôtre. Il est vrai que le théâtre social commande d'avancer masqué. Il n'est d'ailleurs pas certain que ces petites comédies dupent les autres. La simplicité, c'est aussi ne pas conditionner son bonheur à la possession de biens matériels : avoir une belle maison, une voiture, de l'argent, sont des choses fort agréables – nul ne songe à le nier – mais à trop courir après, nous risquons de nous perdre et de passer à côté de ce que nous sommes.

De l'art de rester simple

« Désir

Allez tranquillement parmi le vacarme et la hâte, et souvenez-vous de la paix qui peut exister dans le silence. Sans aliénation, vivez autant que possible en bons termes avec toutes personnes. Dites doucement et clairement votre vérité ; et écoutez les autres, même le simple d'esprit et l'ignorant ; ils ont eux aussi leur histoire. Évitez les individus bruyants et agressifs, ils sont une vexation pour l'esprit. Ne vous comparez avec personne : vous risqueriez de devenir vain ou vaniteux. Il y a toujours plus grand et plus petit que vous. Jouissez de vos projets aussi bien que de vos accomplissements. Soyez toujours intéressé à votre carrière, si modeste soit-elle ; c'est une véritable possession dans les prospérités changeantes du temps. Soyez prudents dans vos affaires ; car le monde est plein de fourberies. Mais ne soyez pas aveugle en ce qui concerne la vertu qui existe ; plusieurs individus recherchent les grands idéaux ; et partout la vie est remplie d'héroïsme. Soyez vous-même. Surtout n'affectez pas l'amitié. Non plus ne soyez cynique en amour, car il est en face de toute stérilité et de tout désenchantement aussi éternel que l'herbe. Prenez avec bonté le conseil des années, en renonçant avec grâce à votre jeunesse. Fortifiez une puissance d'esprit pour vous protéger en cas de malheur soudain. Mais ne vous chagrinez pas avec vos chimères. De nombreuses peurs naissent de la fatigue et de la solitude. Au-delà d'une discipline saine, soyez doux avec vous-même. Vous êtes un enfant de l'univers, pas moins que les arbres et les étoiles ; vous avez le droit d'être ici. Et qu'il vous soit clair ou non, l'univers se déroule sans doute comme il le devrait. Soyez en paix avec Dieu, quelle que soit votre conception de lui, et quels que soient vos travaux et vos rêves : gardez, dans le désarroi bruyant de la vie, la paix dans votre âme. Avec toutes ses perfidies, ses besognes fastidieuses et ses rêves brisés, le monde est pourtant beau. Prenez attention. Tâchez d'être heureux. »

Trouvé dans une église de Baltimore en 1692.
Anonyme

« Prends garde à ne point te césariser, à ne pas te teindre de cette couleur, car c'est ce qui arrive. Conserve-toi donc simple, bon, pur, digne, naturel, ami de la justice, pieux, bienveillant, tendre, résolu dans la pratique de tes devoirs. Lutte pour demeurer tel que la philosophie a voulu te former. Révère les Dieux, viens en aide aux hommes. La vie est courte. L'unique fruit de l'existence sur terre est une sainte disposition et des actions utiles à la communauté. En tout, montre-toi disciple d'Antonin. Pense à son effort soutenu pour agir conformément à la raison, à son égalité d'âme en toutes circonstances, à sa piété, à la sérénité de son visage, à sa mansuétude, à son mépris de la vaine gloire, à son ardeur à pénétrer les affaires. Pense aussi à la façon dont il ne laissait absolument rien passer sans l'avoir examiné à fond et clairement compris, dont il supportait les reproches injustes sans y répondre par d'autres reproches, dont il traitait toute chose sans précipitation, dont il repoussait la calomnie, dont il s'enquêtait méticuleusement des caractères et des activités. Ni insolence, ni timidité, ni défiance, ni pose. Pense comme il se contentait de peu, pour sa demeure, par exemple pour sa couche, son vêtement, sa nourriture, son service domestique ; comme il était laborieux et patient, et capable de s'employer jusqu'au soir à la même tâche, grâce à la simplicité de son régime de vie, sans avoir besoin d'évacuer, hors de l'heure habituelle, les résidus des aliments. Pense encore à la solidité et à la constance de ses amitiés, à sa tolérance pour ceux qui franchement contredisaient ses avis, à sa joie si quelqu'un lui montrait une solution meilleure, à son esprit religieux sans superstition, afin que ta dernière heure te surprenne avec une conscience aussi pure que celle qu'il avait. »

MARC AURÈLE, *Pensées pour moi-même*

« À chaque instant, applique-toi à faire ce que tu as sous la main, en Romain et en homme, avec fermeté, rigueur, simplicité, gravité, charité, liberté et justice, et consacres-y tout ton temps sans plus te préoccuper du reste. Tu y arriveras si tu accomplis chaque action de ta vie comme si c'était la dernière, loin de toute légèreté, de tout refus de l'empire de la raison, de toute hypocrisie, de tout égoïsme et de tout ressentiment à l'égard de la destinée. Tu vois qu'il y a peu de principes à maîtriser pour mener une vie heureuse et pieuse. Si tu les respectes, les Dieux ne te demanderont rien de plus. »

MARC AURÈLE, *Pensées pour moi-même*

« Va toujours vers le chemin le plus court, et le plus court est celui qui va selon la nature. Voilà pourquoi il faut agir et parler en tout de la façon la plus naturelle. Une telle ligne de conduite te délivrera de l'emphase, de l'exagération et du style défiguré et artificiel. »

MARC AURÈLE, *Pensées pour moi-même*

« Tu as enduré mille maux, parce que tu ne t'es point contenté de ce que ta faculté directrice se conformât au rôle pour lequel elle a été constituée. Mais c'en est assez ! »

MARC AURÈLE, *Pensées pour moi-même*

« Une vie heureuse est donc celle qui s'accorde avec

sa nature et on ne peut y parvenir que si l'âme est d'abord saine et en possession perpétuelle de cet état de santé, puis courageuse et énergique, ensuite très belle et patiente, prête à tout événement, soucieuse sans inquiétude du corps et de ce qui le concerne, industrieuse enfin à se procurer d'autres avantages qui ornent la vie sans en admirer aucun, prête à user des dons de la fortune, non à s'y asservir. »

SÉNÈQUE, *La Vie heureuse*

« Il faut, pour être heureux, s'être défait des préjugés, être vertueux, se bien porter, avoir des goûts et des passions, être susceptible d'illusions, car nous devons la plupart de nos plaisirs à l'illusion, et malheureux est celui qui la perd. Loin donc de chercher à la faire disparaître par le flambeau de la raison, tâchons d'épaissir le vernis qu'elle met sur la plupart des objets ; il leur est encore plus nécessaire que ne le sont à nos corps les soins et la parure.

Il faut commencer par se bien dire à soi-même et par se bien convaincre que nous n'avons rien à faire dans ce monde qu'à nous y procurer des sensations et des sentiments agréables. Les moralistes qui disent aux hommes : réprimez vos passions, et maîtrisez vos désirs, si vous voulez être heureux, ne connaissent pas le chemin du bonheur. On n'est heureux que par des goûts et des passions satisfaites. »

MADAME DU CHÂTELET, *Discours sur le bonheur*

« J'ai vu des hommes qui n'étaient doués que d'une raison simple et droite, sans une grande étendue ni sans beaucoup d'élévation d'esprit, et cette raison simple avait suffi pour leur faire mettre à leur place les vanités et les sottises humaines, pour leur donner le sentiment de leur dignité personnelle, leur faire apprécier ce même sentiment dans autrui. J'ai vu des femmes à peu près dans le même cas, qu'un sentiment vrai, éprouvé de bonne heure, avait mises au niveau des mêmes idées. Il suit de ces deux observations que ceux qui mettent un grand prix à ces vanités, à ces sottises humaines, sont de la dernière classe de notre espèce. »

CHAMFORT, *Maximes et pensées*

« Limite tes désirs des choses de ce monde et vis content.

Détache-toi des entraves du bien et du mal d'ici-bas,

Prends la coupe et joue avec les boucles de l'aimée, car, bien vite,

Tout passe... et combien de jours nous reste-t-il ? »

KHAYYAM, *Quatrains*

« Nous avons préféré au monde un petit coin et deux pains,

Et nous nous sommes sevrés du désir de sa fortune et de sa magnificence.

Nous avons acheté la pauvreté avec notre cœur et notre âme ;

Nous avons, dans la pauvreté, découvert de grandes richesses. »

KHAYYAM, *Quatrains*

« Un brave ne craint pas d'être de condition modeste. »

Proverbe chinois

« Celui qui connaît bien les limites de la vie sait qu'il est facile de se procurer ce qui supprime la souffrance due au besoin, et ce qui amène la vie tout entière à sa perfection ; de sorte qu'il n'a nullement besoin des situations de lutte. »

ÉPICURE, *Maximes capitales*

« À tous les désirs, il faut appliquer la question suivante : que m'arrivera-t-il si s'accomplit ce que cherche à obtenir mon désir, et que m'arrivera-t-il si cela ne s'accomplit pas ? »

ÉPICURE, *Sentences vaticanes*

« Pour ce qui est du corps, ne prends que selon la stricte utilité, qu'il s'agisse de nourriture, de boissons, de vêtements, d'habitation, de domesticité. Tout ce qui a trait à l'ostentation et au luxe, efface-le. »

ÉPICTÈTE, *Manuel d'Épictète*

Savoir apprécier les petits bonheurs

C'est connu, le bonheur est fait de petits riens, d'instants magiques, où le temps paraît suspendu : silences éloquents, moments de fraternité simple où quelque chose d'immatériel et pourtant de bien réel se passe. Ce sont des secondes, parfois des minutes, volatiles et fragiles qu'il faut capter. Il n'y a rien à dire, seulement se satisfaire d'être là et avoir conscience de cet accord parfait entre nous et l'environnement. Nul besoin de sensations fortes ou de longs discours. Il suffit de s'arrêter et d'écouter. Cela se passe là, maintenant, et pas ailleurs. Savoir reconnaître un petit bonheur est une grande source d'apaisement et de satisfaction. C'est faire un pas vers la sérénité.

« Quand vous n'avez pas mal aux orteils, au ventre ou à la tête, que dans la journée les rendez-vous se suivent et que le pont que vous bâtissez, ou le livre, ou la paire de souliers prend une tournure. Quand de surcroît le temps est bon et que le facteur jette dans votre boîte la lettre d'un ami, ne cherchez pas, c'est que la fête de la vie bat son plein. »

GEORGES L. GODEAU, *Votre vie m'intéresse*

« Il se sentait tout simplement intégré à un tout, relié à un ordre des êtres et des choses, tant par l'esprit que par la chair. »

NICHOLAS EVANS,
L'homme qui murmurait à l'oreille des chevaux

« Lorsque la famille était réunie à table, et que la soupière fumait, maman disait parfois :

— Cessez un instant de boire et de parler.

Nous obéissions. Nous nous regardions sans comprendre, amusés.

— C'est pour vous faire penser au bonheur, ajoutait-elle.

Nous n'avions plus envie de rire. »

FÉLIX LECLERC, *Pieds nus dans l'aube*

« J'appris à chanter en allant à l'école :
Les enfants joyeux aiment tant les chansons !
Ils vont les crier au passereau qui vole ;
Au nuage, au vent, ils portent la parole,
Tout légers, tout fiers de savoir des leçons. »

MARCELINE DESBORDES-VALMORE, « La fileuse et l'enfant »

« Celui qui n'est pas capable de faire son bonheur avec la simplicité ne réussira que rarement à le faire, et à le faire durable, avec l'extrême beauté. »

GIONO, *La Chasse au bonheur*

« Efface l'imagination. Arrête cette agitation de pantin. Circonscris le moment actuel. Comprends ce qui t'arrive, à toi ou à un autre. Distingue et analyse, en l'objet qui t'occupe, sa cause et sa matière. Pense à ta dernière heure. La faute que cet homme a commise, laisse-la où la faute se tient. »

MARC AURÈLE, *Pensées pour moi-même*

« Qu'il y ait du rire dans la douceur de l'amitié et un partage des plaisirs.

Car c'est dans la rosée de choses modestes que le cœur trouve son matin et sa fraîcheur. »

GIBRAN, *Le Prophète*

Vivre sans emphase

« Les plus grandes choses n'ont besoin que d'être dites simplement : elles se gâtent par l'emphase. Il faut dire noblement les plus petites : elles ne se soutiennent que par l'expression, le ton et la manière. »

LA BRUYÈRE, *Les Caractères*

« Un homme qui a vécu dans l'intrigue un certain temps ne peut plus s'en passer : toute autre vie pour lui est languissante. »

LA BRUYÈRE, *Les Caractères*

« J'adore les plaisirs tout simples. Ils constituent le dernier refuge des êtres complexes. »

OSCAR WILDE, *Le Portrait de Dorian Gray*

« Nous vivons à une époque où le superflu est notre seule nécessité. »

OSCAR WILDE, *Aphorismes*

« Ne faire sa cour à personne, ni attendre de quelqu'un qu'il vous fasse la sienne, douce situation, âge d'or, état d'homme le plus naturel. »

LA BRUYÈRE, *Les Caractères*

« On s'efforce en vain de paraître ce qu'on n'est pas. »

CHRISTINE DE SUÈDE, *Maximes*

« Modérer son imagination

Le vrai moyen de vivre heureux, et d'être toujours estimé sage, est, ou de la corriger, ou de la ménager. Autrement, elle prend un empire tyrannique sur nous, et, sortant des bornes de la spéculation, elle se rend si fort la maîtresse que la vie est heureuse ou malheureuse selon les différentes idées qu'elle nous imprime. »

GRACIÁN, *L'Homme de cour*

« Tous ces biens que tu désires atteindre par de longs détours, tu peux dès maintenant les avoir, si tu ne te les refuses pas à toi-même. Je veux dire : si tu laisses tout le passé, si tu remets l'avenir à la Providence, et si, te bornant uniquement au présent, tu le diriges vers la piété et la justice. Vers la piété, afin que tu aimes le sort qui t'est échu, car la nature te l'a destiné, tout comme elle te destinait à lui. Vers la justice, afin que librement et sans ambiguïté tu dises la vérité, et que tu agisses selon la loi et les valeurs des choses. Ne te laisse pas entraver par la malice, l'opinion et la parole d'autrui, ni par les sensations de ce morceau de chair caillée autour de toi. »

MARC AURÈLE, *Pensées pour moi-même*

« En un mot, il faut que l'homme droit et honnête ressemble à l'homme qui sent le bouc, en sorte que quiconque s'approche de lui sente dès l'abord, qu'il le veuille ou non, ce qu'il en est. La recherche de la simplicité est un coutelas. Rien n'est plus odieux qu'une amitié de loup. Évite ce vice avant tous. L'homme de bien, l'homme droit, bienveillant, portent ces qualités dans leurs yeux, et elles n'échappent point. »

MARC AURÈLE, *Pensées pour moi-même*

« Plus on a de fonds, et plus on est homme. Le dedans doit toujours valoir une fois plus que ce qui paraît dehors. Il y a des gens qui n'ont que la façade, ainsi que les maisons que l'on n'a pas achevé de bâtir faute de fonds. L'entrée sent le palais, et le logement la cabane. Ces gens-là n'ont rien où l'on puisse se fixer, ou plutôt tout y est fixe, car, après la première salutation, la conversation finit. Ils font leur compliment d'entrée, comme les chevaux de Sicile font leurs caracoles, et puis ils se métamorphosent tout à coup en taciturnes ; car les paroles s'épuisent aisément quand l'entendement est stérile. Il leur est facile d'en tromper d'autres qui n'ont aussi, comme eux, que l'apparence ; mais ils sont la fable des gens de discernement, qui ne tardent guère à découvrir qu'ils sont vides au-dedans. »

GRACIÁN, *L'Homme de cour*

« Un homme qui aspire à la grandeur considère tous ceux qu'il croise sur son chemin soit comme des moyens, soit comme des obstacles qui le retiennent, soit comme des refuges provisoires. Sa *bonté* aristocratique à l'égard des autres hommes, cette bonté qui lui est particulière, ne peut s'exprimer qu'une fois atteinte la cime d'où il domine son horizon. Son impatience, la conscience qu'il a, avant d'avoir atteint cette cime, d'être sans cesse condamné à la comédie – car même la guerre est une comédie et cache quelque chose, comme tout moyen cache une fin – cette impatience, cette conscience lui gâtent toutes ses relations avec autrui : cette sorte d'hommes connaît la solitude et tous ses poisons. »

NIETZSCHE, *Par-delà bien et mal*

« C'est la nature qu'on doit prendre comme guide ; c'est elle que la raison observe, qu'elle consulte. Donc cela revient au même de vivre heureux ou selon la nature. Que signifie cette expression ? Je vais maintenant l'expliquer : si nous gardons nos qualités physiques et nos aptitudes naturelles avec soin et sérénité, dans la pensée qu'elles sont éphémères et fugaces, si nous ne subissons leur servitude et que nous ne soyons pas le jouet des objets extérieurs, si les satisfactions adventices du corps sont pour nous au même rang que dans un camp les auxiliaires et les troupes légères (à eux de servir, non de commander), dans cette mesure seulement ces choses-là sont utiles à l'âme. Que l'homme ne se laisse pas corrompre par les choses extérieures ni dominer par elles et n'admire que lui, qu'il se fie à son énergie et se tienne prêt à toute éventualité ; qu'il soit l'artisan de sa vie ; que sa confiance n'aille pas sans quelque science, sa science sans fermeté : que ses décisions soient sans appel et ses décrets sans rature. On comprend, sans que j'aie besoin de l'ajouter, qu'un tel homme sera équilibré, ordonné, d'une majesté mêlée de bonté dans toutes ses actions. »

SÉNÈQUE, *La Vie heureuse*

« Tâchons donc de bien nous porter, de n'avoir point de préjugés, d'avoir des passions, de les faire servir à notre bonheur, de remplacer nos passions par des goûts, de conserver précieusement nos illusions, d'être vertueux, de ne jamais nous repentir, d'éloigner de nous les idées tristes, et de ne jamais permettre à notre cœur de conserver une étincelle de goût pour quelqu'un dont le goût diminue et qui cesse de nous aimer. Il faut bien quitter l'amour un jour, pour peu qu'on vieillisse, et ce jour doit être celui où il cesse de nous rendre heureux. Enfin, songeons à cultiver le goût de l'étude, ce goût qui ne fait dépendre notre bonheur que de nous-mêmes. Préservons-nous de l'ambition, et surtout sachons bien ce que nous voulons être ; décidons-nous sur la route que nous voulons prendre pour passer notre vie, et tâchons de la semer de fleurs. »

MADAME DU CHÂTELET, *Discours sur le bonheur*

Comment vivre heureux selon Sénèque

Philosophe, écrivain, homme politique romain, né quatre ans avant notre ère, Sénèque est l'un des grands penseurs de la philosophie stoïcienne. Malgré les siècles qui nous séparent de lui, ses nombreux ouvrages sont d'une étonnante actualité. Pour Sénèque en effet, la philosophie devait servir à « apprendre à vivre » et non à faire des discours.

Certes, les esprits chagrins noteront avec justesse que Sénèque, qui menait une vie fastueuse, n'a pas toujours appliqué les principes qu'il défendait. Cela n'enlève rien à leur valeur et à leur intemporalité. Sans doute est-ce même pour cette raison que son stoïcisme est parfois empreint d'épicurisme. Ce mélange des genres donne à ses écrits toute leur saveur et leur humanité. Il faut lire ou relire La Providence, De la tranquillité de l'âme, Sur la brièveté de la vie, La Vie heureuse, La Constance du sage, *pour réaliser à quel point ses préoccupations et sa quête d'un « mieux-être » sont proches des nôtres. Sénèque avait conscience des injustices de son époque et des tourments humains ; aussi ses traités ne se contentent-ils pas d'être théoriques, mais sont basés sur des réflexions concrètes et pratiques que chacun peut appliquer. La lecture de Sénèque est à la fois une prise de conscience et un bain de jouvence.*

« 1. Nous ne prendrons goût à nous limiter de la sorte qu'à condition d'avoir, au préalable, pris goût à une vie économe (sans elle, aucune fortune n'est jamais suffisante mais toutes sont des paniers percés), vu que, surtout, le remède est à notre portée et que la pauvreté peut elle-même, aidée par des goûts simples, se muer en richesse.

2. Habituons-nous à éloigner toute ostentation et à évaluer les qualités pratiques des choses et non leurs qualités de faire-valoir. Mangeons pour dompter notre faim, buvons pour dompter notre soif et réduisons à la satisfaction de nos besoins élémentaires notre vie sexuelle. Apprenons à compter sur nos jambes pour marcher et à régler notre habillement et notre nourriture non sur la mode du moment mais sur le modèle de nos coutumes ancestrales. Apprenons à nous maîtriser mieux, à réfréner nos excès, à modérer notre vanité, à calmer notre irascibilité, à envisager la pauvreté sans inquiétude, à pratiquer la frugalité : tant pis pour tous ceux qui trouveront honteux de satisfaire des désirs naturels avec des moyens peu élaborés, de tenir pratiquement enchaînés les espoirs débordants d'une âme toujours tournée vers le futur et d'attendre la richesse davantage de nous-même que de la Fortune.

3. On aura beau essayer de se préserver de tout l'arbitraire des innombrables coups du sort, on ne pourra jamais éviter le déferlement de fréquentes tempêtes si on déploie sur la mer d'immenses flottes. Il faut resserrer étroitement notre champ d'action afin que les coups

tombent dans le vide ; c'est ainsi qu'un exil, parfois, et une grande catastrophe se métamorphosent en remèdes et que de graves désagréments sont effacés par d'autres désagréments plus supportables. Quand une âme n'écoute pas suffisamment les conseils qu'on lui donne et ne peut être soignée par une méthode assez douce, comment faire autrement que la soumettre au traitement de la pauvreté, de l'opprobre et de la ruine ? On combat le mal par le mal. Habituons-nous donc à supporter de dîner sans être entouré d'une foule de spectateurs, à réduire le nombre des esclaves dont nous dépendons, à acquérir des habits pour en avoir l'usage auquel ils ont été destinés et à nous loger moins spacieusement. Ce n'est pas seulement aux courses et aux jeux du cirque, c'est aussi dans l'arène de la vie, qu'il faut prendre le virage à la corde...

4. Les dépenses d'ordre culturel, elles aussi, malgré leur caractère très honorable, ne se justifient que si elles sont mesurées. À quoi bon d'innombrables livres, à quoi bon des bibliothèques, si leur propriétaire peut à peine, en toute une vie, lire la totalité des titres ? Une abondance de livres écrase celui qui veut s'instruire sans l'instruire et il est nettement préférable de s'intéresser à un nombre limité d'écrivains que de se perdre à en lire beaucoup. »

SÉNÈQUE, *De la tranquillité de l'âme*

3

La sérénité, un état d'esprit

Vous avez remarqué ? Il y a des gens qui ont toujours l'air heureux, sur qui les contretemps, les embûches et les problèmes ne semblent pas avoir de prise. Non pas qu'ils en aient moins que les autres ou que la vie les épargne, mais ils ont cette faculté de ne pas se laisser atteindre par eux. Ils voient le positif en toute chose. C'est ce qu'on appelle des natures heureuses, toujours prêtes à sourire, à hausser les épaules et continuer le chemin paisiblement. Comme elles font peu de cas des événements, ceux-ci se désagrègent d'eux-mêmes et ne font pas plus de vagues que les remous causés par un caillou lancé dans une mare. « Quant à moi, tout est de bon augure, si je le veux » : Épicure a raison de rappeler que les choses et les événements qui nous contrarient ne valent souvent pas l'importance qu'on leur donne et qu'il ne tient qu'à nous d'en tirer les leçons. Ainsi mieux vaut voir un échec comme une épreuve riche d'enseignement plutôt que de se lamenter sur lui. Un retard comme un temps supplémentaire pour la réflexion. Une difficulté comme un apprentissage... « Beaucoup de petites défaites peuvent amener une grande victoire », dit un sage chinois. Gardons cela en tête et armons-nous de la certitude que le meilleur est à venir.

Laisser aller les choses qui n'ont pas de réelle importance, ne pas s'angoisser pour ce qui n'en vaut pas la peine, relativiser... Avoir la force d'esprit de se dire : « Ce n'est pas très grave, finalement », et croire en soi. La sérénité est un peu tout cela à la fois.

Accepter les événements comme ils viennent

« Ne demande pas que les choses arrivent comme tu veux. Mais veuille qu'elles arrivent comme elles arrivent, et tu seras heureux. »

ÉPICTÈTE, *Manuel d'Épictète*

« Pour moi, il n'y a que d'heureux présages, si je le veux : car, quoi qu'il arrive, il dépend de moi d'en tirer du bien. »

ÉPICTÈTE, *Manuel d'Épictète*

« Ce qui émeut les hommes, ce ne sont pas les choses, mais l'opinion sur les choses. »

ÉPICTÈTE, *Manuel d'Épictète*

« La philosophie consiste en ceci : veiller à ce que le génie qui est en nous reste sans outrage et sans dommage, et soit au-dessus des plaisirs et des peines ; à ce qu'il ne fasse rien au hasard, ni par mensonge ni par faux-semblant ; à ce qu'il ne s'attache point à ce que les autres font ou ne font pas. Et, en outre, à accepter ce qui arrive et ce qui lui est dévolu, comme venant de là même d'où lui-même est venu. Et surtout, à attendre la mort avec une âme sereine sans y voir autre chose que la dissolution des éléments dont est composé chaque être vivant. Si donc pour ces éléments eux-mêmes, il n'y a rien de redoutable à ce que chacun se transforme continuellement en un autre, pourquoi craindrait-on la transformation de leur ensemble et sa dissolution ? C'est selon la nature ; et rien n'est mal de ce qui se fait selon la nature. »

MARC AURÈLE, *Pensées pour moi-même*

« Ce n'est pas ce que sont objectivement et en réalité les choses, c'est ce qu'elles sont pour nous, dans notre perception, qui nous rend heureux ou malheureux. »

SCHOPENHAUER, *Aphorismes sur la sagesse de la vie*

« L'homme qui possède toutes sortes de perfections en vaut lui seul beaucoup d'autres ; il rend la vie plus heureuse en se communiquant à ses amis. La variété jointe à la perfection est le passe-temps de la vie. C'est une grande adresse que de savoir se fournir de tout ce qui est bon, et, puisque la nature a fait en l'homme, comme en son plus excellent ouvrage, un abrégé de tout l'univers, l'art doit faire aussi de l'esprit de l'homme un univers de connaissance et de vertu. »

GRACIÁN, *L'Homme de cour*

« L'attitude de l'homme envers sa vie détermine sa destinée. »

ALBERT SCHWEITZER

« Le bonheur et le malheur des hommes ne dépend pas moins de leur humeur que de la fortune. »

LA ROCHEFOUCAULD, *Maximes*

« Les choses contre lesquelles nous ne pouvons rien, faisons en sorte qu'elles ne puissent rien contre nous. »

Formule stoïcienne

« Il faut donc tout accepter courageusement : en effet, contrairement à ce que nous imaginons, aucun événement n'est dû au hasard. Tout s'enchaîne toujours par conséquence. Ce qui nous causera du plaisir, comme ce qui sera pour nous source de larmes, est fixé depuis longtemps. Si grande que puisse paraître la variété des destins humains, tout se ramène à cette loi unique : nous sommes périssables et tout ce qui nous est donné en partage est périssable. Pourquoi, alors, nous rebeller ? Pourquoi nous plaindre ? Acceptons le destin de la race humaine. La nature peut bien faire ce qu'elle veut des corps : ils sont à elle ! Quant à nous, joyeux, pleins de courage en toutes circonstances, soyons conscients que rien de ce qui périt n'est nôtre. »

SÉNÈQUE, *La Providence*

Regarder le bon côté des choses

« Car toute cruche, comme dit le sage, a deux anses, et de même tout événement a deux aspects, toujours accablant si l'on veut, toujours réconfortant et consolant si l'on veut. »

ALAIN, *Propos sur le bonheur*

« Tout a son droit et son envers. La meilleure chose blesse si on la prend à contresens ; au contraire, la plus incommode accommode si elle est prise par le manche. Bien des choses ont fait de la peine, qui eussent donné du plaisir si l'on en eût connu le bon. Il y a en tout du bon et du mauvais ; l'habileté est à savoir trouver le premier. Une même chose a différentes faces, selon qu'on la regarde différemment ; et de là vient que les uns prennent plaisir à tout, et les autres à rien. Le meilleur expédient contre les revers de la fortune, et pour vivre heureux en tout temps et en tous emplois, est de regarder chaque chose par son bel endroit. »

GRACIÁN, *L'Homme de cour*

« Ainsi donc, dans la bonne comme dans la mauvaise fortune, et sauf l'éventualité de quelque grand malheur, ce qui arrive à un homme dans sa vie est de moindre importance que la manière dont il le *sent*, c'est-à-dire la nature et le degré de sa sensibilité sous tous les rapports. Ce que nous avons en nous-mêmes et par nous-mêmes, en un mot la personnalité et sa valeur, voilà le seul facteur immédiat de notre bonheur et de notre bien-être. »

SCHOPENHAUER, *Aphorismes sur la sagesse de la vie*

« Tu trouveras, en n'importe quelle circonstance de la vie, de quoi te divertir, te détendre et éprouver du plaisir à condition de prendre le parti de relativiser tes malheurs plutôt que de te les rendre intolérables. »

SÉNÈQUE, *De la tranquillité de l'âme*

« Nous devrions nous imprégner des couleurs de la vie mais sans jamais nous souvenir des détails. Les détails sont toujours vulgaires. »

OSCAR WILDE, *Aphorismes*

« Les hommes en un même jour ouvrent leur âme à de petites joies, et se laissent dominer par de petits chagrins ; rien n'est plus inégal et moins suivi que ce qui se passe en si peu de temps dans leur cœur et dans leur esprit. Le remède à ce mal est de n'estimer les choses du monde précisément que ce qu'elles valent. »

LA BRUYÈRE, *Les Caractères*

« La vie est courte et ennuyeuse : elle se passe toute à désirer. L'on remet à l'avenir son repos et ses joies, à cet âge souvent où les meilleurs biens ont déjà disparu, la santé et la jeunesse. Ce temps arrive, qui nous surprend encore dans les désirs ; on en est là, quand la fièvre nous saisit et nous éteint : si l'on eût guéri, ce n'était que pour désirer plus longtemps. »

LA BRUYÈRE, *Les Caractères*

« Rien n'engage tant un esprit raisonnable à supporter tranquillement des parents et des amis les torts qu'ils ont à son égard, que la réflexion qu'il fait sur les vices de l'humanité, et combien il est pénible aux hommes d'être constants, généreux, fidèles, d'être touchés d'une amitié plus forte que leur intérêt. Comme il connaît leur portée, il n'exige point d'eux qu'ils pénètrent les corps, qu'ils volent dans l'air, qu'ils aient de l'équité. Il peut haïr les hommes en général, où il y a si peu de vertu ; mais il excuse les particuliers, il les aime même par des motifs plus relevés, et il s'étudie à mériter le moins qu'il se peut une pareille indulgence. »

La Bruyère, *Les Caractères*

Croire en soi

« Donnez toujours raison à votre sentiment *à vous* contre ces analyses, ces comptes rendus, ces introductions. Eussiez-vous même tort, le développement naturel de votre vie intérieure vous conduira lentement, avec le temps, à un autre état de connaissance. Laissez à vos jugements leur développement propre, silencieux. Ne le contrariez pas, car, comme tout progrès, il doit venir du profond de votre être et ne peut souffrir ni pression ni hâte. Porter jusqu'au terme, puis enfanter : tout est là.(...) Attendez avec humilité et patience l'heure d'une nouvelle clarté. »

Rainer Maria Rilke, *Lettres à un jeune poète*

« Fixe-toi dès à présent un modèle et un type que tu suivras, lorsque tu seras seul avec toi-même, et que parmi les hommes tu te trouveras. »

Épictète, *Manuel d'Épictète*

« Chacun doit donc s'étudier à connaître son destin et à sonder sa minerve, d'où dépend toute la perte ou tout le gain. Qu'il sache s'accommoder à son sort, et qu'il se garde bien de le vouloir changer, car ce serait manquer la route que lui marque l'étoile du Nord. »

Gracián, *L'Homme de cour*

« C'est par l'épreuve du feu qu'on reconnaît l'or pur. C'est par les épreuves qu'on reconnaît l'homme de cœur. »

Sénèque, *La Providence*

« Le bonheur, c'est une âme libre, élevée, intrépide, constante, inaccessible à la crainte comme au désir, pour qui le seul bien est la beauté morale, le seul mal, l'avilissement, et tout le reste, un amas de choses incapables d'enlever ou d'ajouter rien au bonheur, allant et venant sans accroître ni diminuer le souverain bien. Un principe aussi solidement établi entraînera nécessairement, qu'on le veuille ou non, une gaieté continuelle, une allégresse profonde et qui vient du fond de l'être, puisqu'elle met sa joie dans ce qu'elle possède et ne désire rien au-delà de ce qu'elle trouve dans son milieu. »

SÉNÈQUE, *La Vie heureuse*

« On peut ainsi le définir en disant que l'homme heureux, c'est celui pour qui il n'y a de bon et de mauvais qu'une âme bonne ou mauvaise, qui pratique le bien, se contente de la vertu, qui ne se laisse pas exalter ni briser par les coups de la fortune, qui ne connaît pas de bien plus grand que celui qu'il peut se donner à lui-même, pour qui la vraie volupté est le mépris des voluptés. »

SÉNÈQUE, *La Vie heureuse*

« Nous portons en nous des merveilles que nous cherchons en dehors de nous. »

SIR THOMAS BROWNE, médecin anglais

« Il nous faut inventer un nouvel hédonisme qui recréera la vie et la sauvera de ce puritanisme dur et malséant qu'étrangement on voit renaître aujourd'hui. Sans doute devra-t-il intégrer l'activité de l'intellect, mais sans jamais accepter de théorie ou de système qui sacrifierait la moindre expérience passionnée. Le but de ce nouvel hédonisme, d'ailleurs, sera l'expérience elle-même et non les fruits de l'expérience, qu'ils soient doux ou amers. De l'esthétisme qui émousse les sens comme du libertinage vulgaire qui les engourdit, il ne connaîtra rien. Mais il devra enseigner à l'homme comment se concentrer sur les moments d'une vie qui elle-même n'est qu'un court moment. »

OSCAR WILDE, *Aphorismes*

« Tous les hommes ont évidemment besoin de nourriture... Mais il y a autre chose dont nous avons besoin : c'est de savoir qui nous sommes et pourquoi nous vivons. »

JOSTEIN GAARDER, *Le Monde de Sophie*

« Notre vie est ce qu'en font nos pensées. »

MARC AURÈLE, *Pensées pour moi-même.*

« Tu peux supprimer bien des sujets pour toi de troubles superflus et qui n'existent tous qu'en ton opinion. Et tu t'ouvriras un immense champ libre, si tu embrasses par la pensée le monde tout entier, si tu réfléchis à l'éternelle durée, si tu médites sur la rapide transformation de chaque chose prise en particulier, combien est court le temps qui sépare la naissance de la dissolution, l'infini qui précéda la naissance comme aussi l'infini qui suivra la dissolution ! »

MARC AURÈLE, *Pensées pour moi-même*

« La tragédie de la vie est ce qui meurt à l'intérieur d'un homme pendant qu'il vit. »

ALBERT SCHWEITZER

« Le chemin du bonheur

Un sage demandait à un fou quel était le chemin du bonheur. Le fou répondit sur-le-champ, comme quelqu'un auquel on demande le chemin de la ville voisine : "Admire-toi toi-même et vis dans la rue. — Halte-là ! s'écria le sage, tu demandes trop, il suffit déjà de s'admirer !" Et le fou de répondre : "Mais comment s'admirer sans cesse si l'on se méprise constamment ?" »

NIETZSCHE, *Le Gai Savoir*

« Heureux ceux qui meurent sans vieillir. »

CHRISTINE DE SUÈDE, *Maximes*

« Que personne, parce qu'il est jeune, ne tarde à philosopher, ni, parce qu'il est vieux, ne se lasse de philosopher ; car personne n'entreprend ni trop tôt ni trop tard de garantir la santé de l'âme. Et celui qui dit que le temps de philosopher n'est pas encore venu, ou que ce temps est passé, est pareil à celui qui dit, en parlant du bonheur, que le temps n'est pas encore venu, ou qu'il n'est plus là. »

ÉPICURE, *Lettre à Ménécée*

« Il faut donc avoir le souci de ce qui produit le bonheur, puisque s'il est présent nous avons tout, tandis que s'il est absent nous faisons tout pour l'avoir. »

ÉPICURE, *Lettre à Ménécée*

4

Savoir donner

« C'est en donnant que l'on s'enrichit », disait mère Teresa qui en la matière s'y connaissait. Qu'y a-t-il en effet comme plus belle preuve d'amour que de donner ? Donner du temps, donner de l'amour, donner de soi... Mais donner, c'est aussi offrir à l'autre ce qui lui fait plaisir, donner sans arrière-pensée et sans regret...

« Même les fauves sont sensibles aux bons traitements », note Sénèque. Le message est clair. Il faut donner pour adoucir, réparer, apaiser. Même à ceux que nous n'aimons pas. Dire un mot gentil et sourire à une personne désagréable, c'est lui faire cadeau de notre bienveillance et de notre compréhension. Sans être certains qu'elle nous rendra notre gentillesse. Mais tant pis. Donner, c'est donner ; reprendre, c'est voler, disent les enfants. Car donner à nos proches est finalement assez facile (encore que...), alors que le vrai don est celui qui se fait au-delà même du sentiment, sans rien espérer en retour, pour la beauté du geste en quelque sorte.

Mais attention, nous rappellent les sages, il y a donner et donner. Donner de mauvaise grâce, à contrecœur, en faisant sentir à l'autre le prix de notre sacrifice, ce n'est pas donner : c'est consentir. Mieux vaut dans ces cas-là s'abstenir, car il n'est rien de plus désolant que quelqu'un qui donne à regret. La générosité s'accommode mal des comptes d'apothicaire. En outre, on ne récolte même pas la reconnaissance du donataire.

Alors que donner de bon cœur, donner avec gaieté et enthousiasme, donner en seigneur, est un accomplissement à soi seul, une véritable fête.

En donnant, surtout ce qui nous tient au cœur, on se déleste, on s'accomplit et surtout on gagne quelque chose de plus précieux encore : un ami peut-être, ou quelqu'un qui nous sera reconnaissant de notre bienfait. On est riche de ce que l'on donne, dit-on communément. Et cette richesse-là n'a pas de prix.

« Le don de soi est un achèvement. »

RAINER MARIA RILKE, *Lettres à un jeune poète*

« L'homme le plus heureux est celui qui fait le bonheur d'un plus grand nombre d'autres. »

DIDEROT

« Il y a plus de plaisir à faire du bien qu'à en recevoir. C'est là que les hommes généreux font consister leur félicité. »

GRACIÁN, *L'Homme de cour*

« Quel que soit le sort de tes précédents bienfaits, continue d'en faire : les premiers dormiront dans de meilleures conditions aux mains des ingrats, que la honte, l'occasion ou l'esprit d'imitation rendra peut-être quelque jour reconnaissants. Ne te relâche pas, achève ton ouvrage, acquitte-toi à fond du rôle d'homme de bien. Tantôt par un objet matériel, tantôt par ton crédit, tantôt par ta faveur, tantôt par un conseil, tantôt par de salutaires préceptes, rends service. Même les fauves sont sensibles aux bons traitements, et il n'est d'animal si farouche que les soins n'adoucissent et n'amènent à aimer ceux qui les leur prodiguent. »

SÉNÈQUE, *Savoir donner*

« Ainsi en va-t-il du bienfait : son premier fruit est dans la conscience de son accomplissement. On perçoit ce fruit dès qu'on a fait parvenir son présent à destination selon sa volonté ; le second et le troisième sont dans la notoriété et dans les biens qui peuvent en revenir en retour. Ainsi, quand un bienfait a été reçu avec plaisir, celui qui l'a octroyé en a déjà reçu son dû de reconnaissance, mais pas encore son salaire ; je lui dois par conséquent ce qui est extérieur au bienfait : pour ce qui est du bienfait lui-même, en le recevant bien, je m'en suis acquitté. »

SÉNÈQUE, *Savoir donner*

« Je doute qu'il y ait de sentiment plus délicieux que celui qu'on éprouve quand on vient de faire une action vertueuse, et qui mérite l'estime des honnêtes gens. Au plaisir intérieur que causent les actions vertueuses se joint encore le plaisir de jouir de l'estime universelle : car les fripons ne peuvent refuser leur estime à la probité ; mais l'estime des honnêtes gens mérite seule qu'on la compte. »

MADAME DU CHÂTELET, *Discours sur le bonheur*

« Le plaisir le plus délicat est de faire celui d'autrui. »

LA BRUYÈRE, *Les Caractères*

« Apprends-moi, toi, quelque moyen de devenir plus bienfaisant et plus reconnaissant envers ceux qui me font du bien, d'établir, entre ceux qui obligent et les obligés, une émulation des âmes qui apporte l'oubli aux bienfaiteurs, une mémoire tenace des bienfaits aux débiteurs. »

SÉNÈQUE, *Savoir donner*

« Qu'est-ce donc qu'un bienfait ? Un acte bien intentionné qui procure de la joie et en retire en en procurant, acte à sa tâche enclin et spontanément disposé. C'est pourquoi importe peu ce qui est fait ou donné ; seule compte la disposition d'esprit de celui qui donne : c'est que le bienfait ne repose pas sur ce qui est fait ou donné, mais sur les seuls sentiments de celui qui donne ou fait. »

SÉNÈQUE, *Savoir donner*

« Plus le sage donne aux autres, plus il a pour lui-même. »

LAO-TSEU

« Qui attend le superflu pour donner aux pauvres ne leur donnera jamais rien. »

Proverbe chinois

« Quand nous sommes heureux, nous sommes toujours bons, mais quand nous sommes bons, nous ne sommes pas toujours heureux. »

OSCAR WILDE, *Aphorismes*

« Ai-je fait acte utile à la communauté ? Je me suis donc rendu service. Aie toujours en toute occasion cette maxime à ta portée, et ne t'en dépossède jamais. »

MARC AURÈLE, *Pensées pour moi-même*

« Le médecin aux funérailles

Aux funérailles d'un ami, un médecin allait répétant aux gens du cortège que si cet homme s'était abstenu de vin et avait pris des lavements, il serait encore en vie. “Excellent homme”, lui lança quelqu'un dans l'assistance, “ce n'est pas maintenant qu'il fallait le dire, quand cela ne sert plus à rien : tes conseils, tu aurais dû les donner quand il pouvait encore les suivre !”

La fable montre qu'il faut porter secours à ses amis quand ils en ont besoin, et non pas faire le bel esprit quand tout espoir est perdu. »

ÉSOPE, *Fables*

« Ne t'enrichis pas malhonnêtement : le bien mal acquis est une calamité.

Aime qui t'aime, recherche qui te recherche, donne à qui donne, ne donne pas à qui ne donne pas. On donne à l'homme généreux, on refuse au parcimonieux. Il est bien de donner, prendre de force est mal et donne la mort. Car l'homme qui donne de plein gré, même s'il donne beaucoup, est heureux de faire des cadeaux, il s'en réjouit dans son âme ; mais ceux qu'on nous extorque impudemment, si minimes qu'ils soient, nous blessent au cœur. »

HÉSIODE, *Les Travaux et les Jours*

« Il ne faut pas tout montrer dès la première fois. »

GRACIÁN, *L'Homme de cour*

« Qui accorde un bienfait veut qu'on le prenne avec reconnaissance ; il a ce qu'il voulait si son bienfait est bien accueilli.

— Mais il en espérait aussi quelque profit...

— Alors ce n'était pas un bienfait : le propre du bienfait est d'exclure toute pensée de retour. »

SÉNÈQUE, *Savoir donner*

« Il est bien de donner lorsqu'on vous en fait la demande, mais il est préférable de donner sans qu'on vous ait sollicité et parce que vous en avez compris l'urgence. (...)

Voudriez-vous garder quoi que ce soit ?
Tous vos biens seront un jour distribués.
Donnez donc dès maintenant... »

GIBRAN, *Le Prophète*

« Puisque tu as tout reçu,
Donne, donne, donne,
Donne à ceux qui sont perdus,
À ceux qui sont nus. »

BORIS VIAN, *Textes et chansons*

Apprendre à recevoir

« Quelque désintéressement qu'on ait à l'égard de ceux qu'on aime, il faut quelquefois se contraindre pour eux, et avoir la générosité de recevoir.

Celui-là peut prendre, qui goûte un plaisir aussi délicat à recevoir que son ami en sent à lui donner. »

LA BRUYÈRE, *Les Caractères*

5

De la sagesse de renoncer

Le renoncement n'est pas forcément synonyme de manque de courage. Ce peut être aussi une grande sagesse. Savoir faire la part des choses, distinguer ce qui vaut la peine d'être conquis de ce qui ne le vaut pas, accepter sans regret ce qui est... Un homme sage doit « savoir se faire un triomphe de sa propre défaite », rappelle Gracián. Il ne s'agit pas de baisser les bras ou de démissionner devant la moindre difficulté, mais plutôt de ne pas perdre son temps et s'user dans de vains combats.

Ainsi faut-il savoir renoncer à sa jeunesse ou à sa beauté, et accepter le conseil des années. Il faut admettre que les choses ne se passent pas toujours comme on l'avait prévu et savoir se retirer de la partie, pas forcément pour la perdre, mais pour la voir en perspective. Il faut laisser passer devant soi les plus jeunes et les plus rapides, même si c'est vous, avant, qui passiez devant les autres. Mais aussi apprendre à renoncer aux mondanités et préférer s'entourer d'amis fidèles, s'arrêter de courir après l'argent pour prendre le temps de vivre... Le renoncement est bien souvent une renaissance et une libération.

Car en quittant une chose on en trouve forcément

une autre. En acceptant, on avance. C'est le point de départ de retrouvailles avec soi-même.

« C'est une maxime de prudence, qu'il faut laisser les choses avant qu'elles nous laissent. Il est d'un homme sage de savoir se faire un triomphe de sa propre défaite, à l'imitation du soleil qui, pendant qu'il est encore tout lumineux, a coutume de se retirer dans une nuée, pour n'être point vu baisser, et, par ce moyen, laisser en doute s'il est couché ou non. (...) Le bon cavalier lâche quelquefois la bride à son cheval, pour ne le pas cabrer, et ne pas servir de risée s'il venait à tomber au milieu de la carrière. Une beauté doit adroitement prévenir son miroir, en le rompant avant qu'il lui ait montré que ses traits s'en vont. »

GRACIÁN, *L'Homme de cour*

« En renonçant au monde et à la fortune, j'ai trouvé le bonheur, le calme, la santé, même la richesse ; et en dépit du proverbe, je m'aperçois que qui quitte la partie la gagne. »

CHAMFORT, *Maximes et pensées*

« La gloire met souvent un honnête homme aux mêmes épreuves que la fortune ; c'est-à-dire que l'une et l'autre l'obligent, avant de le laisser parvenir jusqu'à elles, à faire ou souffrir des choses indignes de son caractère. L'homme intrépidement vertueux les repousse alors également l'une et l'autre, et s'enveloppe ou dans l'obscurité ou dans l'infortune, et quelquefois dans l'une et dans l'autre. »

CHAMFORT, *Maximes et pensées*

« Quand on renonce à une chose entièrement et pour longtemps, si d'aventure on la retrouve, on croit presque la découvrir ; (...) et quel n'est pas le bonheur de tout homme qui découvre ! Soyons plus sages que le serpent qui reste trop longtemps couché au même soleil. »

NIETZSCHE, *Le Gai Savoir*

Fortune veut que je sois plus à mon aise pour philosopher." »

SÉNÈQUE, *De la tranquillité de l'âme*

Accepter

« Souviens-toi que tu es comme un acteur dans le rôle que l'auteur dramatique a voulu te donner : court, s'il est court ; long, s'il est long. S'il veut que tu joues un rôle de mendiant, joue-le encore convenablement. Fais de même pour un rôle de boiteux, de magistrat, de simple particulier. Il dépend de toi, en effet, de bien jouer le personnage qui t'est donné ; mais le choisir appartient à un autre. »

ÉPICTÈTE, *Manuel d'Épictète*

« Souviens-toi donc que si tu crois libre ce qui par nature est servile, et propre à toi ce qui t'est étranger, tu seras entravé, affligé, troublé, et tu t'en prendras aux Dieux et aux hommes. Mais, si tu crois tien cela seul qui est tien et étranger ce qui t'est en effet étranger, nul ne pourra jamais te contraindre, nul ne t'entravera ; tu ne t'en prendras à personne, tu n'accuseras personne, tu ne feras rien malgré toi ; nul ne te nuira ; tu n'auras pas d'ennemi, car tu ne souffriras de rien de nuisible. »

ÉPICTÈTE, *Manuel d'Épictète*

« Il y a deux choses auxquelles il faut se faire, sous peine de trouver la vie insupportable : ce sont les injures du temps et les injustices des hommes. »

CHAMFORT, *Maximes et pensées*

« Il faut donc aimer pour deux raisons ce qui t'arrive. L'une parce que cela était fait pour toi, te correspondait, et survenait en quelque sorte à toi, d'en haut, de la chaîne des plus antiques causes. L'autre parce que ce qui arrive à chaque être en particulier contribue à la bonne marche, à la perfection et, par Zeus ! à la persistance même de Celui qui gouverne la nature universelle. L'univers, en effet, se trouverait mutilé, si tu retranchais quoi que ce soit à la connexion et à la consistance de ses parties, tout comme de ses causes. Or, tu romps cet enchaînement, autant que tu le peux, lorsque tu es mécontent de ce qui t'arrive et que, dans une certaine mesure, tu le détruis. »

MARC AURÈLE, *Pensées pour moi-même*

« Le monde est une scène de théâtre, mais les rôles ont été mal distribués. »

OSCAR WILDE, *Aphorismes*

6

Accepter le temps qui passe

« Le temps est un grand maître, il règle bien des choses », disait Corneille. À force de courir après le temps et de pester après les années qui passent, nous avons tendance à oublier que le temps est aussi un allié précieux. Le temps nous rend en effet de grands services et ce n'est pas pour rien que les philosophes s'en remettent à lui et accordent une si grande importance aux enseignements qu'il prodigue. Pour ceux qui savent faire un bon usage du temps, il offre mille réconforts. Il apaise les douleurs, guérit les chagrins d'amour, règle bien des problèmes. Il offre des perspectives, redistribue les cartes, il donne de l'espoir. Qui se conforme à lui et sait habilement l'exploiter l'emporte sur les autres. La patience est la clé de bien des réussites. La Fontaine ne pensait pas autre chose, lui qui écrivait dans sa fable : « Patience et longueur de temps font plus que force ni que rage. »

Alors ne gaspillons pas notre temps, utilisons-le comme il se doit – à nous accomplir – car il nous est compté. Mais cessons de pleurer sur les jours en moins qu'il nous reste à vivre. « Demain est le premier jour du reste de ta vie », chante Étienne Daho. Pensez-y... le moment venu.

« L'été vient. Mais il ne vient que pour ceux qui savent attendre, aussi tranquilles et ouverts que s'ils avaient l'éternité devant eux. Je l'apprends tous les jours au prix de souffrances que je bénis : *patience* est tout. »

RAINER MARIA RILKE, *Lettres à un jeune poète*

« Patience ! Avec le temps, l'herbe devient du lait. »

Proverbe chinois

« À qui sait attendre, le temps ouvre les portes. »

Proverbe chinois

« Quand tu devrais vivre trois fois mille ans, et même autant de fois dix mille ans, souviens-toi pourtant que nul ne perd une vie autre que celle qu'il vit, et qu'il ne vit pas une vie autre que celle qu'il perd. Par là, la vie la plus longue revient à la vie la plus courte. »

MARC AURÈLE, *Pensées pour moi-même*

« Celui qui sait attendre le bien qu'il souhaite ne prend pas le chemin de se désespérer s'il ne lui arrive pas ; et celui au contraire qui désire une chose avec une grande impatience, y met trop du sien pour en être assez récompensé par le succès. »

LA BRUYÈRE, *Les Caractères*

« Le temps est comme un fleuve et un courant violent formé de toutes choses. Aussitôt, en effet, qu'une chose est en vue, elle est entraînée ; une autre est-elle apportée, celle-là aussi va être emportée. »

MARC AURÈLE, *Pensées pour moi-même*

« Tout ce qui arrive est aussi habituel et prévu que la rose au printemps et les fruits en été ; il en est ainsi de la maladie, de la mort, de la calomnie, des embûches et de tout ce qui réjouit ou afflige les sots. »

MARC AURÈLE, *Pensées pour moi-même*

« Il n'y a point de meilleur remède à de certains désordres que de les laisser passer, car à la fin ils s'arrêtent eux-mêmes. »

GRACIÁN, *L'Homme de cour*

« Le regret qu'ont les hommes du mauvais emploi du temps qu'ils ont déjà vécu, ne les conduit pas toujours à faire de celui qui leur reste à vivre un meilleur usage. »

LA BRUYÈRE, *Les Caractères*

« Il n'y a pour l'homme que trois événements : naître, vivre et mourir. Il ne se sent pas naître, il souffre à mourir, et il oublie de vivre. »

LA BRUYÈRE, *Les Caractères*

« La ponctualité est une voleuse de temps. »

OSCAR WILDE, *Aphorismes*

« La jeunesse ! Il n'y a rien de tel. Il est absurde de parler de l'ignorance de la jeunesse. Les opinions auxquelles j'accorde un tant soit peu de crédit aujourd'hui sont celles de personnes beaucoup plus jeunes que moi. Elles semblent me précéder. La vie leur a révélé sa plus récente merveille. »

OSCAR WILDE, *Aphorismes*

« La science du passé est d'un grand usage pour l'avenir. »

CHRISTINE DE SUÈDE, *Maximes*

« La vie ressemble à une belle symphonie qui charme, et qui plaît, mais qui dure trop peu. »

CHRISTINE DE SUÈDE, *Maximes*

« Oui, c'est une consolation, dans la vieillesse, que d'avoir derrière soi le labeur de la vie. L'homme le plus heureux est donc celui qui parcourt sa vie sans douleurs trop grandes, soit au moral, soit au physique, et non pas celui qui a eu pour sa part les joies les plus vives ou les jouissances les plus fortes. Vouloir mesurer sur celles-ci le bonheur d'une existence, c'est recourir à une fausse échelle. Car les plaisirs sont et restent négatifs ; croire qu'ils rendent heureux est une illusion que l'envie retient et par laquelle elle se punit elle-même. »

SCHOPENHAUER, *Aphorismes sur la sagesse de la vie*

« Le voyageur, alors seulement qu'il arrive sur une éminence, embrasse d'un coup d'œil et reconnaît l'ensemble du chemin parcouru, avec ses détours et ses courbes ; de même aussi, ce n'est qu'au terme d'une période de notre existence, parfois de la vie entière, que nous reconnaissons la véritable connexion de nos actions, de nos œuvres et de nos productions, leur liaison précise, leur enchaînement et leur valeur. En effet, tant que nous sommes plongés dans notre activité, nous n'agissons que selon les priorités constantes de notre caractère, sous l'influence des motifs et dans la mesure de nos facultés, c'est-à-dire par une nécessité absolue ; nous ne faisons à un moment donné que ce qui à ce moment-là nous semble juste et convenable. La suite seule nous permet d'apprécier le résultat, et le regard jeté en arrière sur l'ensemble nous montre seul le *comment* et le *par quoi*. Aussi, au moment où nous accomplissons les plus grandes actions, où nous créons des œuvres immortelles, nous n'avons pas la conscience de leur vraie nature : elles ne nous semblent que ce qu'il y a de plus approprié à notre but présent et de mieux correspondant à nos intentions ; nous n'avons d'autre impression que d'avoir fait précisément ce qu'il fallait faire actuellement ; ce n'est que plus tard, de l'ensemble et de son enchaînement, que notre caractère et nos facultés ressortent en pleine lumière ; par les détails, nous voyons alors comment nous avons pris la seule route vraie parmi tant de chemins détournés, comme par inspiration et guidés par notre génie. Tout ce que nous venons de dire est vrai en théorie comme en pratique et s'applique également aux faits inverses, c'est-à-dire au mauvais et au faux. »

SCHOPENHAUER, *Aphorismes sur la sagesse de la vie*

« Le renard au ventre enflé

Un renard affamé avait aperçu des morceaux de pain et de viande que des bergers avaient laissés dans le creux d'un chêne. Il y pénétra et les mangea. Mais comme son ventre enflé ne lui permettait plus de ressortir, il se mit à gémir et à se lamenter. Un autre renard, qui passait par là, entendit ses plaintes et s'approcha pour lui en demander la cause. Lorsqu'il eut appris sa mésaventure : "Reste donc là-dedans", lui conseilla-t-il, "jusqu'à ce que tu redeviennes tel que tu étais en entrant : ainsi, tu sortiras sans peine !"

La fable montre que le temps résout les difficultés. »

ÉSOPE, *Fables*

« Il y a de certaines gens qui veulent si ardemment et si déterminément une certaine chose, que de peur de la manquer, ils n'oublient rien de ce qu'il faut faire pour la manquer. »

LA BRUYÈRE, *Les Caractères*

« Les choses les plus souhaitées n'arrivent point ; ou si elles arrivent, ce n'est ni dans le temps ni dans les circonstances où elles auraient fait un extrême plaisir. »

LA BRUYÈRE, *Les Caractères*

« La vérité arrive toujours la dernière, et fort tard, parce qu'elle a pour guide un boiteux, qui est le temps. »

GRACIÁN, *L'Homme de cour*

« Je désapprouve cette manie moderne de transformer sur-le-champ les méchants en bons. Laissez donc les hommes récolter ce qu'ils ont semé. »

OSCAR WILDE, *Aphorismes*

« Le sage sait que le nord de la prudence consiste à se conformer au temps. »

GRACIÁN, *L'Homme de cour*

« Repasse dans ta mémoire à quelle occasion tu as réussi à t'en tenir à ce qui était décidé, les rares journées qui se sont réalisées comme tu l'avais escompté, les moments où tu as pu disposer de toi-même, où ton visage est resté serein, ton esprit impavide, quelles œuvres dans une si longue vie tu as réussi à réaliser, le nombre de gens qui ont pillé ta vie à ton insu sans que tu aies mesuré la perte, ce qu'une vaine douleur, une joie idiote, une passion, une conversation flatteuse, ont pu te voler, combien est étriqué le peu de ton bien qui t'est resté : tu comprendras que tu meurs prématurément. »

SÉNÈQUE, *Sur la brièveté de la vie*

« Si, pourtant, l'on pouvait faire à chacun le nombre, à l'instar de celui des ans qu'il a déjà vécus, des ans qui lui restent à vivre, comme trembleraient ceux qui verraient le peu de temps qui leur reste, et comme ils géreraient ces années avec parcimonie. »

SÉNÈQUE, *Sur la brièveté de la vie*

Le calendrier des jours fastes et néfastes selon Hésiode

*Poète grec né en Béotie vers le VIII*e *siècle avant Jésus-Christ, Hésiode était paysan et s'efforçait de tirer une morale de l'accomplissement des travaux humains, si modestes fussent-ils. Il croyait aux vertus du travail et de la justice. Son calendrier des jours fastes et néfastes nous rappelle, même s'il fut établi avec le bon sens et les croyances de l'époque, qu'il y a des jours plus favorables que d'autres, selon notre humeur, notre forme ou la période de l'année, pour entreprendre quelque chose qui nous tient au cœur. Pas de précipi-*

tation donc, choisissez le bon moment pour agir et pour mettre tous les atouts de votre côté, au lieu de vous précipiter et de risquer d'échouer.

« Sache reconnaître, comme il convient, les jours que Zeus nous envoie. Apprends à tes domestiques que le 30 est le jour le meilleur pour inspecter les travaux et distribuer les vivres : tel est l'avis des gens qui parlent de cette question selon la vérité.

Voici comment le sage Zeus a fixé les jours.

Le premier jour du mois et le 4 sont sacrés, ainsi que le 7, où Apollon au glaive d'or fut enfanté par Léto.

Le 8 et le 9 également, pourtant particulièrement favorables, dans cette première partie du mois, aux travaux des mortels, ainsi que le 11 et le 12, bons tous les deux pour tondre les brebis ou pour récolter les moissons florissantes. Le 12 vaut d'ailleurs bien mieux que le 11 : c'est celui où l'arachnide aérienne tisse sa toile, quand le jour est au plus long, tandis que l'insecte prévoyant, la fourmi, entasse ses provisions ; c'est en ce jour que la femme dressera son métier et mettra son ouvrage en train.

Le 13, garde-toi de commencer les semailles ; mais c'est un excellent jour pour planter.

Le 16 ne l'est pas du tout ; c'est un bon jour pour engendrer un garçon ; mais pour une fille, il est fâcheux de venir au monde ou de se marier ce jour-là.

Le 6 n'est pas non plus favorable à la naissance des filles, mais il est bon pour châtrer les chevreaux et les troupeaux de moutons, pour entourer d'une clôture les parcs à bestiaux, pour engendrer un garçon ; à ce jour conviennent les railleries, les mensonges, les paroles séductrices, les conversations intimes.

C'est le 8 qu'il faut dépecer le sanglier et le bœuf aux mugissements sonores ; le 12, les mulets infatigables.

C'est le 20, jour important, quand les journées sont les plus longues, qu'on engendrera un homme sage, d'une intelligence solide.

Le 10 est bon pour engendrer un garçon et le 14 pour engendrer une fille. Ce jour-là, on apprivoisera, en les caressant de la main, les moutons, les bœufs aux jambes torses, aux cornes recourbées, les chiens aux dents aiguës et les mulets infatigables.

Songe à éviter, le 24 ou le 4 du mois, de te laisser ronger par le chagrin ; car c'est un jour tout à fait sacré ; c'est lui qu'on doit choisir pour conduire chez soi une épouse, après avoir consulté le vol des oiseaux, qui est le meilleur auspice en cette matière.

Méfie-toi du 5, du 15 et du 25, qui sont néfastes et redoutables : c'est en l'un de ces jours, dit-on, que les Érinyes escortèrent le Serment vengeur, fils de la Lutte et fléau des parjures.

Le 17, on placera très soigneusement, dans une aire bien aplanie, le blé, présent sacré de Déméter ; le bûcheron coupera du bois pour fabriquer un lit nuptial et toutes les pièces dont on fait des agrès pour les bateaux.

Mais c'est le 4 qu'il faut commencer la construction des navires légers.

Le 19 est un jour favorable dans l'après-midi. Le 9 n'a rien de pernicieux pour les hommes : il convient à la génération et à la naissance des garçons comme des filles ; c'est un jour entièrement propice. Peu de gens savent que le 29 est le meilleur jour du mois pour entamer une jarre de vin, pour soumettre au joug les bœufs, les mulets et les chevaux agiles, pour lancer sur la mer sombre un navire rapide aux bancs nombreux : car peu de gens parlent selon la vérité.

Le 4, le 14 ou le 24, on peut ouvrir une jarre ; le 14 est un jour sacré plus que tous les autres ; peu de gens savent que le 24 est très favorable le matin et beaucoup moins l'après-midi.

Tels sont les jours avantageux pour les habitants de la terre ; les jours intermédiaires sont indifférents, sans influence. On fait cas soit des uns, soit des autres, mais peu de gens s'y connaissent : or tel jour est une marâtre, tel autre une mère.

Bienheureux donc, et béni du sort, l'homme qui travaille en possédant ces connaissances, et qui, consultant les auspices, s'abstenant de tout acte illégitime, demeure irréprochable devant les Immortels. »

HÉSIODE, *Les Travaux et les Jours*

7

Savoir corriger ses erreurs

Il est difficile de reconnaître ses erreurs et d'avouer que l'on s'est trompé. Dans ces cas-là, on préfère se draper dans une fausse dignité et nier sa faute, comme s'il était honteux d'admettre ses torts. Or ce travers profondément humain débouche sur de la mauvaise foi, crée des conflits et ne nous rend – avouons-le – pas très fiers de nous.

Pourtant, comme le rappelle Chateaubriand, « quiconque craint de se repentir ne tire aucun fruit de ses erreurs ». Rien n'est pire qu'un faux pas dont on n'a pas tiré la leçon. Il est utile de se tromper pour comprendre et avancer. Chacun sait que les échecs préparent les succès.

« L'expérience n'a aucune valeur éthique, elle est simplement le nom que les hommes donnent à leurs erreurs. »

OSCAR WILDE, *Aphorismes*

« Quel dommage que nous ne tirions les leçons de la vie que quand elles ont cessé de nous être utiles ! »

OSCAR WILDE, *Aphorismes*

« On blâme aisément les défauts des autres, mais on s'en sert rarement à corriger les siens. »

LA ROCHEFOUCAULD, *Maximes*

« De nos jours, la plupart des gens meurent d'une espèce de bon sens rampant et découvrent trop tard qu'il n'y a que les erreurs qu'on ne regrette jamais. »

OSCAR WILDE, *Aphorismes*

« Quiconque craint de se repentir ne tire aucun fruit de ses erreurs. »

CHATEAUBRIAND, *Mélanges politiques*

« Une erreur n'est pas une erreur,
Deux erreurs font une erreur,
Ne rien faire est une erreur. »

Anonyme

« Si quelqu'un peut me convaincre et me prouver que je pense ou que j'agis mal, je serai heureux de me corriger. Car je cherche la vérité, qui n'a jamais porté dommage à personne. Mais il se nuit, celui qui persiste en son erreur et en son ignorance. »

MARC AURÈLE, *Pensées pour moi-même*

« On ne vit point assez pour profiter de ses fautes. On en commet pendant tout le cours de sa vie ; et tout ce que l'on peut faire à force de faillir, c'est de mourir corrigé. Il n'y a rien qui rafraîchisse le sang comme d'avoir su éviter de faire une sottise. »

LA BRUYÈRE, *Les Caractères*

« Il n'y a pour l'homme qu'un vrai malheur, qui est de se trouver en faute, et d'avoir quelque chose à se reprocher. »

LA BRUYÈRE, *Les Caractères*

« Qui chérit son erreur ne la veut pas connaître. »

CORNEILLE, *Polyeucte*

« Les grandes époques de notre vie sont celles où nous trouvons enfin le courage d'appeler notre meilleur ce que nous appelions nos mauvais côtés. »

NIETZSCHE, *Par-delà bien et mal*

« Quand on a bien dressé sa conscience, elle nous baise en même temps qu'elle nous mord. »

NIETZSCHE, *Par-delà bien et mal*

8

Choisir

Choisir, voilà un pari difficile. Rien en effet n'est plus délicat que de prendre un parti, une décision, choisir son camp, quand il serait parfois plus simple et plus commode de se cantonner dans une sage neutralité. Pourtant, aussi douloureux soient-ils, les choix nous permettent de nous construire. Nous l'avons tous éprouvé un jour : lorsque nous sommes incertains, hésitants, indécis, nous sommes mal dans notre peau. Si prendre son temps pour choisir est sage, ne pas choisir est souvent signe d'une faiblesse de caractère. Pourtant, une fois que la décision est prise, nous sommes soulagés, libérés. L'horizon s'éclaircit et notre vie se simplifie.

« Tout choix suppose des obsèques », écrit Bossuet. C'est bien là la cause de nos tourments : choisir est un renoncement. Alors à ceux qui ont du mal à prendre un parti, on peut néanmoins rappeler que rien n'est jamais définitif et que l'on peut toujours... changer d'avis.

« Descartes disait que l'irrésolution est le plus grand des maux. »

ALAIN, *Propos sur le bonheur*

« En toute action, examine ses antécédents et ses conséquents, et alors seulement entreprends-la. Si tu ne le fais pas, tu seras au début plein d'ardeur, parce que tu n'as pas songé à ce qui vient ensuite ; mais plus tard, quand certaines difficultés apparaîtront, honteusement tu t'en désisteras. »

ÉPICTÈTE, *Manuel d'Épictète*

« Il faut vouloir fortement tout ce que l'on veut. »

CHRISTINE DE SUÈDE, *Maximes*

« Nier, croire et douter sont à l'homme ce que le courir est au cheval. »

PASCAL, *Pensées*

« Si ce n'est pas convenable, ne le fais pas ; si ce n'est pas vrai, ne le dis pas. Que la décision provienne de toi. »

MARC AURÈLE, *Pensées pour moi-même*

« Si vous ne faites pas de votre vie un but, vous en ferez une prison. »

Anonyme

« On ne vole point des mêmes ailes pour sa fortune que l'on fait pour des choses frivoles et de fantaisie. Il y a un sentiment de liberté à suivre ses caprices, et tout au contraire de servitude à courir pour son établissement : il est naturel de le souhaiter beaucoup et d'y travailler peu, de se croire digne de le trouver sans l'avoir cherché. »

LA BRUYÈRE, *Les Caractères*

« Il est difficile de décider si l'irrésolution rend l'homme plus malheureux que méprisable ; de même s'il y a toujours plus d'inconvénient à prendre un mauvais parti, qu'à n'en prendre aucun. »

LA BRUYÈRE, *Les Caractères*

« On fait sans savoir ce que l'on est ; ensuite, on est ce que l'on a fait. »

HECTOR BIANCIOTTI, *Ce que la nuit raconte au jour*

Ne pas avoir de regrets

« Celui qui se retourne sur son passé ne mérite pas d'envisager un avenir. »

OSCAR WILDE, *Aphorismes*

« Regretter ce que l'on aime est un bien en comparaison de vivre avec ce que l'on hait. »

LA BRUYÈRE, *Les Caractères*

« Personne ne restaurera tes années, personne ne te rendra une seconde fois à toi-même. »

SÉNÈQUE, *Sur la brièveté de la vie*

« Maintenant, tu veux savoir à quel point leur vie est courte ? Regarde comme ils voudraient vivre longtemps. Des vieillards décrépits, dans leurs prières, mendient un minable supplément d'années : ils se donnent pour moins âgés qu'ils ne sont ; par ce mensonge, ils se flattent et se leurrent aussi volontiers que s'ils trompaient du même coup le destin. De fait, sitôt que quelque défaillance de santé les rappelle à leur condition de mortels, dans une sorte d'effroi ils se meurent, moins comme s'ils sortaient de la vie que comme s'ils en étaient arrachés. Ils braillent qu'ils ont été stupides de n'avoir pas vécu et que, s'ils viennent présentement à surmonter leur mal, ils vivront dans une saine retraite ; alors ils songent combien ils ont inutilement accumulé des choses dont ils n'auront pas profité, combien tout leur labeur aura débouché sur le vide. »

SÉNÈQUE, *Sur la brièveté de la vie*

« Quand une bonne action nous rendrait malheureux pour tout le reste de la vie, on ne doit jamais se repentir de l'avoir faite. »

CHRISTINE DE SUÈDE, *Maximes*

« En présence d'un événement malheureux, déjà accompli, auquel par conséquent on ne peut rien changer, il ne faut pas s'abandonner même à la pensée qu'il pourrait en être autrement, et encore moins réfléchir à ce qui aurait pu le détourner ; car c'est là ce qui porte la dégradation de la douleur jusqu'au point où elle devient insupportable et fait de l'homme un bourreau de soi-même. Faisons plutôt comme le roi David, qui assiégeait sans relâche Jéhovah de ses prières et de ses supplications pendant la maladie de son fils et qui, dès que celui-ci fut mort, fit une pirouette en claquant des doigts et n'y pensa plus du tout. Celui qui n'est pas assez léger d'esprit pour se conduire de même, doit se réfugier sur le terrain du fatalisme et se pénétrer de cette haute vérité que tout ce qui arrive, arrive nécessairement, donc inévitablement. »

SCHOPENHAUER, *Aphorismes sur la sagesse de la vie*

Deuxième partie

VIVRE SEREIN AVEC LES AUTRES

1

L'amour

« Qu'est-ce donc que l'amour, si ce n'est de se comprendre et de se réjouir en voyant quelqu'un d'autre vivre... », s'interroge Nietzsche. Nous rêvons tous d'aimer, d'être aimé. Nous idéalisons ce sentiment qui est notre raison de vivre. Sans doute est-ce pour cela que nous avons tant de mal à le trouver et à le mettre en application. Aimer est la chose la plus simple et la plus compliquée du monde. Mais c'est aussi un sentiment qui peut conduire vers les ravages de la passion, de la jalousie, vers les déchirures et des blessures parfois irrémédiables. On aime toujours mal quand on aime pour soi. On aime un peu mieux quand on aime l'autre pour ce qu'il est. L'amour est un don de soi, rappellent les philosophes. Qu'importe s'il rend heureux ou malheureux, écrivait la poétesse Marceline Desbordes-Valmore, car que serait la vie sans amour ? Mieux vaut souffrir que ne pas aimer.

Mais l'amour, c'est aussi être bienveillant à l'égard des autres, nos parents, nos amis, nos relations. Comprendre, accepter, pardonner, c'est cela aussi, aimer.

De la nécessité d'aimer

« Aime et fais ce que tu voudras. »

SAINT AUGUSTIN

« Celui qui n'aime pas demeure dans la mort. »

SAINT JEAN

« Celui qui aime véritablement tient de la nature du diamant, et pour la durée, et pour être difficile à rompre. »

GRACIÁN, *L'Homme de cour*

« L'âme doit courir
Comme une eau limpide ;
L'âme doit courir,
Aimer ! et mourir. »

MARCELINE DESBORDES-VALMORE, « La sincère »

« Qu'il est doux d'être aimé ! cette croyance intime
Donne à tout on ne sait quel air d'enchantement. »

MARCELINE DESBORDES-VALMORE, « Élégie »

« Quand l'amour vous fait signe, suivez-le,
Bien que ses chemins soient raides et ardus.
Et quand il vous enveloppe de ses ailes, cédez-lui,
Même si l'épée cachée dans ses pennes vous blesse. »

GIBRAN, *Le Prophète*

« Ce qui est fait par amour s'accomplit toujours par-delà bien et mal. »

NIETZSCHE, *Par-delà bien et mal*

« L'amour met en lumière les qualités supérieures et cachées de celui qui aime, ce qui est rare en lui, exceptionnel. C'est pourquoi il leurre aisément sur ce qui est ordinaire en lui. »

NIETZSCHE, *Par-delà bien et mal*

« Il n'en va pas ainsi de la seule musique : c'est de la même façon que nous avons appris à aimer tout ce que nous aimons. Notre bonne volonté, notre patience, notre équité, notre douceur avec les choses qui nous sont neuves finissent toujours par être payées, car les choses, petit à petit, se dépouillent pour nous de leur voile et se présentent à nos yeux comme d'indicibles beautés : c'est le remerciement de notre hospitalité. Qui s'aime lui-même apprend à le faire en suivant une voie identique : il n'y a que celle-là. L'amour aussi doit être appris. »

NIETZSCHE, *Le Gai Savoir*

« L'amour est un sentiment qui, pour paraître honnête, a besoin de n'être composé que de lui-même, de ne vivre et de ne subsister que par lui. »

CHAMFORT, *Maximes et pensées*

« S'il y a un amour pur et exempt du mélange de nos autres passions, c'est celui qui est caché au fond du cœur, et que nous ignorons nous-mêmes. »

LA ROCHEFOUCAULD, *Maximes*

« L'amour échauffe, il éclaire, il humilie, il purifie, il détache, il unit à son unique objet ; dès qu'on aime, tout est fait. »

CHRISTINE DE SUÈDE, *Maximes*

« Quiconque arrose dans son cœur la plante de l'amour
N'a pas un seul jour de sa vie qui soit inutile. »

KHAYYAM, *Quatrains*

« Vous demandez si l'amour rend heureuse ;
Il le promet, croyez-le, fût-ce un jour.
Ah ! pour un jour d'existence amoureuse,
Qui ne mourrait ? la vie est dans l'amour.(...)

Sans lui, le cœur est un foyer sans flamme ;
Il brûle tout, ce doux empoisonneur.

J'ai dit bien vrai comme il déchire une âme :
Demandez donc s'il donne le bonheur ! (...)

Dès qu'on l'a vu, son absence est affreuse ;
Dès qu'il revient, on tremble nuit et jour ;
Souvent enfin la mort est dans l'amour ;
Et cependant... oui, l'amour rend heureuse ! »

MARCELINE DESBORDES-VALMORE, « L'amour »

« C'est un bonheur d'aimer, c'en est un de le dire. »

MARCELINE DESBORDES-VALMORE, « La nuit d'hiver »

« Un beau visage est le plus beau de tous les spectacles ; et l'harmonie la plus douce est le son de voix de celle que l'on aime. »

LA BRUYÈRE, *Les Caractères*

De la variation des sentiments

« L'amour infidèle n'est pas l'amour libre : c'est l'amour oublieux, l'amour renégat, l'amour qui oublie ou déteste ce qu'il a aimé et qui dès lors s'oublie ou se déteste lui-même. »

ANDRÉ COMTE-SPONVILLE, *Petit traité des grandes vertus*

« Le bonheur, c'est d'avoir quelqu'un à perdre. »

PHILIPPE DELERM, *Le Bonheur, tableaux et bavardages*

« Le véritable amour ne prétend rien que d'aimer. »

CHRISTINE DE SUÈDE, *Maximes*

« L'amour subsiste toujours, qu'il soit heureux ou malheureux. »

CHRISTINE DE SUÈDE, *Maximes*

« On est tel que son amour. »

CHRISTINE DE SUÈDE, *Maximes*

« Il n'y a que d'une sorte d'amour, mais il y en a mille différentes copies. »

La Rochefoucauld, *Maximes*

« On ne voit bien qu'avec le cœur, l'essentiel est invisible pour les yeux. »

Antoine de Saint-Exupéry, *Le Petit Prince*

« Si on juge de l'amour par la plupart de ses effets, il ressemble plus à la haine qu'à l'amitié. »

La Rochefoucauld, *Maximes*

« L'amour aussi bien que le feu ne peut subsister sans un mouvement continuel ; et il cesse de vivre dès qu'il cesse d'espérer ou de craindre. »

La Rochefoucauld, *Maximes*

« L'amour naît brusquement, sans autre réflexion, par tempérament ou par faiblesse : un trait de beauté nous fixe, nous détermine. L'amitié au contraire se forme peu à peu, avec le temps, par la pratique, par un long commerce. Combien d'esprit, de bonté de cœur, d'attachement, de services et de complaisance dans les amis, pour faire en plusieurs années bien moins que ne fait quelquefois en un moment un beau visage ou une belle main ! »

La Bruyère, *Les Caractères*

« L'on n'aime bien qu'une seule fois : c'est la première ; les amours qui suivent sont moins involontaires. »

La Bruyère, *Les Caractères*

« L'amour qui naît subitement est le plus long à guérir. »

La Bruyère, *Les Caractères*

« J'ai voulu ce matin te rapporter des roses ;
Mais j'en avais tant pris dans mes ceintures closes
Que les nœuds trop serrés n'ont pu les contenir.

Les nœuds ont éclaté. Les roses envolées
Dans le vent, à la mer s'en sont toutes allées.
Elles ont suivi l'eau pour ne plus revenir.

La vague en a paru rouge et comme enflammée.
Ce soir, ma robe encore en est tout embaumée...
Respires-en sur moi l'odorant souvenir. »

MARCELINE DESBORDES-VALMORE, « Les roses de Saadi »

« – Toi, je t'aimerai toujours, dis-je.
Elle se retourne contre le mur, et elle dit seulement :
– Contente-toi de m'aimer tous les jours. »

DANIEL PENNAC, *La Petite Marchande de prose*

« C'est aimer peu que d'aimer quelqu'un plus qu'il ne le faut. »

CHRISTINE DE SUÈDE, *Maximes*

« Mille choses peuvent empêcher qu'on ne possède l'objet de ses désirs, mais rien ne peut empêcher qu'on ne l'aime. »

CHRISTINE DE SUÈDE, *Maximes*

« L'on n'aime pas toujours ce que l'on estime, mais on estime toujours ce que l'on aime. »

CHRISTINE DE SUÈDE, *Maximes*

« On devrait toujours être amoureux. C'est pourquoi on ne devrait jamais se marier. »

OSCAR WILDE, *Aphorismes*

« On pardonne tant que l'on aime. »

LA ROCHEFOUCAULD, *Maximes*

« N'écris pas, je suis triste et je voudrais m'éteindre.
Les beaux étés sans toi, c'est l'amour sans flambeau.
Ne montre pas l'eau vive à qui ne peut l'atteindre,
Et frapper à mon cœur, c'est frapper au tombeau. »

MARCELINE DESBORDES-VALMORE, « N'écris pas »

« Il est impossible d'aimer une seconde fois ce qu'on a véritablement cessé d'aimer. »

LA ROCHEFOUCAULD, *Maximes*

« Il y a une certaine sorte d'amour dont l'excès empêche la jalousie. »

LA ROCHEFOUCAULD, *Maximes*

2

L'amitié

Un ami, c'est celui à qui l'on peut téléphoner en pleine nuit pour lui confier nos états d'âme, celui qui vient à la rescousse sans poser de questions et qui offre une épaule bienveillante, à qui l'on peut tout dire et qui ne juge pas. Il partage nos moments de joie et de tristesse, il réconforte et apaise... L'ami est celui qui comprend, qui se réjouit lorsqu'on est heureux et qui pleure avec nous quand on est malheureux.

Un véritable ami se reconnaît aussi à sa franchise. C'est celui qui ose nous dire ce que personne ne nous dit, qui nous secoue, nous remet à notre place, nous dit la vérité, et qui a raison de le faire. On doit tout accepter d'un ami. C'est un complice, un allié, un repère. Un ami, c'est deux sœurs ou deux frères qui se sont choisis. « Parce que c'était lui ; parce que c'était moi », écrivait Montaigne à propos de La Boétie.

Qu'importe si le temps, la distance, les choix éloignent parfois les amis et dilue l'amitié. Il faut accepter d'un ami qu'il s'éloigne comme on a accepté qu'il vienne à soi. Ce n'est pas grave, le fil n'est pas coupé.

C'est pourquoi on n'oublie jamais ses amis. On garde en mémoire ses amitiés d'enfance, les complicités de l'adolescence. On aime les amis d'hier qui sont encore là aujourd'hui. On apprécie les nouveaux, sans chasser les anciens. Et l'on peut croire cette phrase de Voltaire : « toutes les grandeurs de ce monde ne valent pas un bon ami ».

Avoir un ami

« Si nous connaissions le prix d'un véritable ami, nous passerions notre vie à le chercher. »

MONTESQUIEU, *Éloge de la sincérité*

« Il n'y a point de désert si affreux que de vivre sans amis. L'amitié multiplie les biens, et partage les maux. C'est l'unique remède contre la mauvaise fortune ; c'est le soupirail par où l'âme se décharge. »

GRACIÁN, *L'Homme de cour*

« Il vaut mieux savoir conserver ses amis que ses biens. »

GRACIÁN, *L'Homme de cour*

« Parmi les choses dont la sagesse se munit pour la félicité de la vie tout entière, de beaucoup la plus importante est la possession de l'amitié. »

ÉPICURE, *Sentences vaticanes*

« Quelque parfait que l'on soit, on a quelquefois besoin de conseil. Celui-là est fou incurable, qui n'écoute point. L'homme le plus intelligent doit faire place aux bons avis. La souveraineté même ne doit pas exclure la docilité. (...) Un ami doit avoir pleine liberté de parler, et même de réprimander ; l'opinion conçue de sa fidélité et de sa prudence lui doit donner cette autorité. Mais aussi il ne faut pas que cette familiarité soit commune à tous. Il suffit d'avoir un confident secret, dont on estime la correction, et de qui l'on se serve, comme d'un miroir fidèle, pour se détromper. »

GRACIÁN, *L'Homme de cour*

« L'amitié extrême et délicate est souvent blessée du repli d'une rose. »

CHAMFORT, *Maximes et pensées*

« Le temps, qui fortifie les amitiés, affaiblit l'amour. »

LA BRUYÈRE, *Les Caractères*

« C'est assez pour soi d'un fidèle ami ; c'est même beaucoup de l'avoir rencontré : on ne peut en avoir trop pour le service des autres. »

LA BRUYÈRE, *Les Caractères*

« L'amitié danse autour du monde habité, proclamant à nous tous qu'il faut nous réveiller pour louer notre félicité. »

ÉPICURE, *Sentences vaticanes*

« Toute amitié est par elle-même une vertu, mais elle a son origine dans l'utilité. »

ÉPICURE, *Sentences vaticanes*

« Un véritable ami est le plus grand de tous les biens et celui de tous qu'on songe le moins à acquérir. »

LA ROCHEFOUCAULD, *Maximes*

« Peu de gens ont assez de cœur pour donner des conseils désagréables. »

CHRISTINE DE SUÈDE, *Maximes*

« Le plus grand effort de l'amitié n'est pas de montrer nos défauts à un ami ; c'est de lui faire voir les siens. »

LA ROCHEFOUCAULD, *Maximes*

« Rien pourtant ne charme l'âme autant qu'une amitié loyale et tendre. Comme il est bon de rencontrer l'âme sœur susceptible d'accueillir, en toute sécurité, n'importe quel secret, de nous inspirer plus de confiance que nous n'en avons en nous-mêmes, dont les paroles adoucissent notre angoisse, dont l'avis nous aide à prendre notre décision, dont la gaieté dissipe notre morosité, dont la seule vue nous remplisse de joie ! Bien entendu, nous choisirons nos amis aussi libres de passions que possible : c'est que le mal se déplace sournoisement, contamine ce qui l'environne et qu'il est facilement contagieux. »

SÉNÈQUE, *De la tranquillité de l'âme*

« La vraie, la sincère amitié présuppose que l'un prend une part énergique, purement objective et tout à fait désintéressée au bonheur et au malheur de l'autre, et cette participation suppose à son tour une véritable identification de l'ami avec son ami. L'égoïsme de la nature humaine est tellement opposé à ce sentiment que l'amitié vraie fait partie de ces choses dont on ignore, comme du grand serpent de mer, si elles appartiennent à la fable ou si elles existent en quelque lieu. »

SCHOPENHAUER, *Aphorismes sur la sagesse de la vie*

Ne pas négliger ses amis

« Dans la bonne fortune, se préparer à la mauvaise

En été, on a le temps de faire sa provision pour l'hiver, et plus commodément. Dans la prospérité, l'on a quantité d'amis, et tout à bon marché. Il est bon de garder quelque chose pour le mauvais temps, car il y a disette de tout dans l'adversité. Tu feras bien de ne pas négliger tes amis ; un jour viendra que tu te tiendras heureux d'en avoir quelques-uns, de qui tu ne te soucies pas maintenant. Les gens rustiques n'ont jamais d'amis, ni dans la prospérité, parce qu'ils ne connaissent personne ; ni dans l'adversité, parce que personne ne les connaît alors. »

GRACIÁN, *L'Homme de cour*

« Les amitiés renouées demandent plus de soins que celles qui n'ont jamais été rompues. »

La Rochefoucauld, *Maximes*

« L'on ne peut aller loin dans l'amitié, si l'on n'est pas disposé à se pardonner les uns aux autres les petits défauts. »

La Bruyère, *Les Caractères*

« Il ne manque rien à un roi que les douceurs d'une vie privée ; il ne peut être consolé d'une si grande perte que par le charme de l'amitié, et par la fidélité de ses amis. »

La Bruyère, *Les Caractères*

« Ce qui nous rend si changeants dans nos amitiés, c'est qu'il est difficile de connaître les qualités de l'âme, et facile de connaître celles de l'esprit. »

La Rochefoucauld, *Maximes*

« La réconciliation avec nos ennemis n'est qu'un désir de rendre notre condition meilleure, une lassitude de la guerre, et une crainte de quelque mauvais événement. »

La Rochefoucauld, *Maximes*

« Toutefois, évitons principalement les gens moroses, toujours en train de geindre, qui se jettent sur la moindre occasion de se plaindre. Même loyal et bienveillant, un compagnon mal dans sa peau et toujours gémissant est l'ennemi de notre tranquillité. »

Sénèque, *De la tranquillité de l'âme*

« L'éloignement et la longue distance nuisent à toute amitié, quoiqu'on ne l'avoue pas volontiers. Les gens que nous ne voyons pas, seraient-ils nos plus chers amis, s'évaporent insensiblement avec la marche du temps jusqu'à l'état de notions abstraites, ce qui fait que notre intérêt pour eux devient de plus en plus une affaire de raison, pour ainsi dire de tradition ; le sentiment vif et profond demeure réservé à ceux que nous avons sous les yeux, même quand ceux-là ne seraient que des animaux que nous aimons. »

SCHOPENHAUER, *Aphorismes sur la sagesse de la vie*

« Il est toujours douloureux de quitter les gens qu'on n'a connus qu'un bref instant. On peut accepter avec sérénité l'absence d'amis de longue date. Mais il est presque insupportable de se voir séparé, même momentanément, de quelqu'un qui vient tout juste de vous être présenté. »

OSCAR WILDE, *Aphorismes*

« Il faut briguer la faveur de ceux à qui l'on veut du bien, plutôt que de ceux de qui l'on espère du bien. »

LA BRUYÈRE, *Les Caractères*

« Il ne faut regarder dans ses amis que la seule vertu qui nous attache à eux, sans aucun examen de leur bonne ou mauvaise fortune ; et quand on se sent capable de les suivre dans leur disgrâce, il faut les cultiver hardiment et avec confiance jusque dans leur plus grande prospérité. »

LA BRUYÈRE, *Les Caractères*

Se méfier des faux amis

Il y a l'amitié et puis il y a l'illusion de l'amitié. Gardons-nous de ceux qui sont ambigus, changeants, hypocrites. Être l'ami d'une personne fluctuante, c'est comme bâtir sa maison sur un terrain meuble. Quand les fondations ne sont pas solides, la première bourrasque dévaste tout. Apprenons donc à reconnaître un véritable ami. Il est des signes qui ne trompent pas...

« Les voyageurs et l'ourse
Deux amis faisaient ensemble un bout de chemin.

Une ourse surgit à l'improviste : l'un d'eux grimpa en toute hâte sur un arbre où il se dissimula ; l'autre, sur le point d'être pris, se laissa tomber à terre et fit le mort. L'ourse approcha de lui son museau et le flaira un peu partout – et notre homme de retenir son souffle (car l'ours, dit-on, ne s'en prend pas aux cadavres). Quand elle se fut éloignée, son compère, redescendu de son arbre, voulut savoir ce qu'elle lui avait murmuré à l'oreille : “De ne plus voyager désormais avec des amis qui flanchent face au danger”, répondit l'autre.

La fable montre qu'à l'épreuve du malheur, l'on reconnaît ses vrais amis. »

ÉSOPE, *Fables*

« Que d'amis, que de parents naissent en une nuit au nouveau ministre ! Les uns font valoir leurs anciennes liaisons, leur société d'études, les droits du voisinage ; les autres feuillettent leur généalogie, remontent jusqu'à un trisaïeul, rappellent le côté paternel et le maternel ; l'on veut tenir à cet homme par quelque endroit, et l'on dit plusieurs fois le jour que l'on y tient ; on l'imprimerait volontiers : *C'est mon ami, et je suis fort aise de son élévation ; j'y dois prendre part, il m'est assez proche*. Hommes vains et dévoués à la fortune, fades courtisans, parliez-vous ainsi il y a huit jours ? Est-il devenu, depuis ce temps, plus homme de bien, plus digne du choix que le prince en vient de faire ? Attendiez-vous cette circonstance pour mieux le connaître ? »

LA BRUYÈRE, *Les Caractères*

« Traiter toujours avec des gens soigneux de leur devoir

On peut s'engager avec eux, et les engager ; leur devoir est leur meilleure caution, lors même qu'on est en différend avec eux : car ils agissent toujours selon ce qu'ils sont. Et, d'ailleurs, il vaut mieux combattre contre des gens de bien que de triompher de malhonnêtes gens. Il n'y a point de sûreté à traiter avec les méchants, parce qu'ils ne se trouvent jamais obligés à ce qui est juste et raisonnable ; c'est pourquoi il n'y a jamais de vraie amitié entre eux ; et quelque grande que semble être leur affection, elle est toujours de bas aloi, parce qu'elle n'a aucun principe d'honneur. Fuis toujours l'homme qui n'en a point, car l'honneur est le trône de la bonne foi. Quiconque n'estime point l'honneur, n'estime point la vertu. »

GRACIÁN, *L'Homme de cour*

« Ce que les hommes ont nommé amitié n'est qu'une société, qu'un ménagement réciproque d'intérêts, et qu'un échange de bons offices ; ce n'est enfin qu'un commerce où l'amour-propre se propose toujours quelque chose à gagner. »

LA ROCHEFOUCAULD, *Maximes*

« Il faut plus craindre ceux que l'on aime, que ceux que l'on hait. »

CHRISTINE DE SUÈDE, *Maximes*

« Le chevrier et les chèvres sauvages

Un chevrier qui menait paître ses chèvres s'aperçut que des chèvres sauvages s'étaient jointes à elles ; au soir, il entreprit de les mener toutes à sa grotte. Le lendemain, comme une violente tempête l'empêchait de les conduire comme de coutume au pacage, il prit soin d'elles dans la grotte : à celles qu'il possédait, il accorda tout juste de quoi ne pas souffrir la faim ; aux chèvres étrangères, il offrit une ration plus conséquente, dans l'intention de se les approprier. Lorsque le beau temps fut revenu, il les mena toutes au pâturage ; les chèvres sauvages gagnèrent alors les hauteurs et s'enfuirent. Comme il leur reprochait leur ingratitude, elles qui l'abandonnaient après avoir joui d'un traitement de faveur, les chèvres se retournèrent et lui firent cette réponse : "Raison de plus pour rester sur nos gardes : car si tu nous as préférées à ton troupeau de toujours, nous que tu ne connaissais que d'hier, il est clair que si de nouvelles chèvres viennent se joindre à toi, tu feras plus grand cas d'elles que de nous."

La fable montre qu'il ne faut pas nous réjouir de l'amitié d'individus qui nous préfèrent, nous les derniers venus, à leurs anciens amis : songeons qu'avec le temps, s'ils viennent à lier de nouvelles amitiés, ils en feront plus grand cas que de la nôtre. »

ÉSOPE, *Fables*

« L'homme et le satyre

Il était une fois, dit-on, un homme qui s'était lié d'amitié avec un satyre. L'hiver venu, comme il gelait, l'homme porta ses mains à sa bouche pour souffler dessus : au satyre qui lui en demandait la raison, il expliqua qu'il se réchauffait les mains à cause du froid. Plus tard, on leur dressa une table. Comme le plat était brûlant, l'homme le découpait en petits morceaux, les approchait de ses lèvres, et soufflait dessus. À nouveau, le satyre lui en demanda le motif ; l'homme lui dit qu'il refroidissait son mets, parce qu'il était trop chaud. "Fort bien, camarade !", conclut le satyre, "je mets un terme à notre amitié, car tu souffles de la même bouche le chaud et le froid."

Nous devons, nous aussi, fuir l'amitié de gens dont l'attitude est ambiguë. »

ÉSOPE, *Fables*

L'amitié selon Montaigne

Montaigne a vingt-cinq ans lorsqu'il rencontre celui qui deviendra son seul et unique ami, Étienne de La Boétie, en 1558. Entre les deux hommes se noue un lien d'une grande fraternité. Hélas ! cette amitié hors du commun prend fin prématurément en 1563 avec la mort brutale de La Boétie. Montaigne est profondément affligé par cette disparition. Il rendra hommage à l'ami disparu dans des textes magnifiques. On y perçoit le regret de cette amitié interrompue avant l'heure et une forme de culpabilité de celui qui reste à l'égard de celui qui n'est plus. « Il me semble que je lui dérobe sa part », écrit-il.

« Au demeurant, ce que nous appelons ordinairement amis et amitiés, ce ne sont qu'accointances et familiarités nouées par quelque occasion ou commodité, par le moyen de laquelle nos âmes s'entretiennent. En l'amitié de quoi je parle, elles se mêlent et confondent l'une en l'autre, d'un mélange si universel, qu'elles effacent et ne retrouvent plus la couture qui les a jointes. Si on me presse de dire pourquoi je l'aimais, je sens que cela ne peut s'exprimer qu'en répondant : "Parce que c'était lui ; parce que c'était moi." »

MONTAIGNE, *De l'amitié*

« Nous nous cherchions avant que de nous être vus, et par des rapports que nous entendions l'un de l'autre, qui faisaient en notre affection plus d'effort que ne porte la raison des rapports, je crois par quelque ordonnance du ciel ; nous nous embrassions par nos noms. Et à notre première rencontre, qui fut par hasard en une grande fête et compagnie de ville, nous nous trouvâmes si pris, si connus, si obligés entre nous, que rien dès lors ne nous fut si proche que l'un à l'autre. »

MONTAIGNE, *De l'amitié*

« Car, à la vérité, si je compare tout le reste de ma vie, quoique avec la grâce de Dieu je l'aie passée douce et, sauf la perte d'un tel ami, exempte d'affliction pesante, pleine de tranquillité d'esprit, ayant pris en paiement mes commodités naturelles et originelles sans en rechercher d'autres ; si je la compare, dis-je, toute aux quatre années qu'il m'a été donné de jouir de la douce compagnie et société de ce personnage, ce n'est que fumée, ce n'est qu'une nuit obscure et ennuyeuse. Depuis le jour où je le perdis, je ne fais que traîner languissant ; et les plaisirs mêmes qui s'offrent à moi, au lieu de me consoler, me redoublent le regret de sa perte. Nous étions à moitié de tout ; il me semble que je lui dérobe sa part. »

MONTAIGNE, *De l'amitié*

3

La compréhension des autres

N'en déplaise à Jean-Paul Sartre, l'enfer, ce n'est pas toujours les autres. Même si les rapports humains sont une mécanique complexe qui nécessite un long apprentissage et une non moins longue pratique, on a toujours beaucoup à apprendre du commerce des autres. Nous avons trop tendance à porter des jugements lapidaires sur ceux qui nous entourent, qu'ils nous soient proches ou éloignés. Il y a pourtant une manière très simple de les comprendre : c'est de se mettre à leur place. « Avant de juger une personne, marche pendant trois lunes dans ses mocassins », rappelle un proverbe indien riche de sens.

Car l'idéal serait d'être avec les autres aussi indulgents que nous le sommes avec nous-mêmes. Accepter leurs travers, leurs défauts, leurs indiscrétions. Et puis, sommes-nous sûrs d'être nous-mêmes exempts de reproches ? N'avons-nous pas une responsabilité dans les comportements qu'ont les autres à notre égard ? « L'assassiné n'est pas innocent de son propre assassinat », affirme Gibran.

À méditer, n'est-ce pas ?

« Tout comme nous respectons les manières d'être

qui nous appartiennent en propre, qu'elles aient de la valeur et que les hommes nous les envient, ou non, de même il faut respecter celles de nos proches, s'ils le sont suffisamment. »

Épicure, *Sentences vaticanes*

« Toute chose a deux anses : l'une par où on peut la porter, l'autre par où on ne le peut pas. Si ton frère a des torts, ne le prends pas du côté par où il a des torts ; ce serait l'anse par où on ne peut rien porter. Prends-le plutôt par l'autre, te rappelant qu'il est ton frère, qu'il a été nourri avec toi, et tu prendras la chose par où on peut la porter. »

Épictète, *Manuel d'Épictète*

« Qu'un homme ait la force d'être sincère, vous verrez un certain courage répandu dans tout son caractère, une indépendance générale, un empire sur lui-même égal à celui qu'on exerce sur les autres, une âme exempte des nuages de la crainte et de la terreur, un amour pour la vertu, une haine pour le vice, un mépris pour ceux qui s'y abandonnent. D'une tige si noble et si belle, il ne peut naître que des rameaux d'or. »

Montesquieu, *Éloge de la sincérité*

« Les hommes ressemblent aux enfants qui prennent de mauvaises manières dès qu'on les gâte ; aussi ne faut-il être trop indulgent ni trop aimable envers personne. De même qu'ordinairement on ne perdra pas un ami pour lui avoir refusé un prêt, mais plutôt pour le lui avoir accordé, de même ne le perdra-t-on pas par une attitude hautaine et un peu de négligence, mais plutôt par un excès d'amabilité et de prévenance : il devient alors arrogant, insupportable, et la rupture ne tarde pas à se produire. C'est surtout l'idée qu'on a besoin d'eux que les hommes ne peuvent absolument pas supporter ; elle est toujours suivie inévitablement d'arrogance et de présomption. »

Schopenhauer, *Aphorismes sur la sagesse de la vie*

« Quand vous soupçonnez quelqu'un de mentir, feignez la crédulité ; alors il devient effronté, ment plus fort, et on le démasque. Si vous remarquez au contraire qu'une vérité qu'il voudrait dissimuler lui échappe en partie, faites l'incrédule, afin que, provoqué par la contradiction, il fasse avancer toute la réserve, et la vérité apparaîtra entièrement. »

SCHOPENHAUER, *Aphorismes sur la sagesse de la vie*

« Une autre source de bonheur, c'est d'être exempt de préjugés, et il ne tient qu'à nous de nous en défaire. Nous avons tous la portion d'esprit nécessaire pour examiner les choses qu'on veut nous obliger de croire ; pour savoir, par exemple, si deux et deux font quatre, ou cinq ; et d'ailleurs, dans ce siècle, on ne manque pas de secours pour s'instruire. »

MADAME DU CHÂTELET, *Discours sur le bonheur*

« Comment t'es-tu jusqu'à ce jour comporté avec les Dieux, avec tes parents, tes frères, ta femme, tes enfants, tes maîtres, tes gouverneurs, tes amis, tes familiers, tes serviteurs ? T'es-tu envers tous conduit jusqu'à ce jour selon ce principe : "Ne faire de mal à personne et n'en point dire" ? »

MARC AURÈLE, *Pensées pour moi-même*

« Il se souvient aussi que tous les êtres raisonnables sont parents et qu'aimer tous les hommes est conforme à la nature de l'homme, qu'il ne faut pas tenir compte de l'opinion de la foule, mais de ceux-là seuls qui vivent conformément à la nature. »

MARC AURÈLE, *Pensées pour moi-même*

« Les questions ne sont jamais indiscrètes ; les réponses le sont parfois. »

OSCAR WILDE, *Aphorismes*

« Nos jours sont trop courts pour que nous endossions les chagrins des autres. Chaque homme vit sa propre vie et en paye lui-même le prix. Il est cependant dommage qu'il faille payer si souvent pour chaque faute. En fait, on ne cesse de payer et de payer de nouveau. Dans son commerce avec les humains, le destin ne clôt jamais ses comptes. »

OSCAR WILDE, *Aphorismes*

« Être bon, c'est être en harmonie avec soi-même. La discorde, c'est être forcé à être en harmonie avec d'autres. »

OSCAR WILDE, *Aphorismes*

« Ceux qui vont sous la surface des choses le font à leurs risques et périls. »

OSCAR WILDE, *Aphorismes*

« Quand on punit, on ne se fait pas toujours craindre, mais quand on ne punit pas, on se fait toujours mépriser. »

CHRISTINE DE SUÈDE, *Maximes*

« Il y a des gens à qui les secrets pèsent autant qu'un fardeau. »

CHRISTINE DE SUÈDE, *Maximes*

« Nous avons tous assez de force pour supporter les maux d'autrui. »

LA ROCHEFOUCAULD, *Maximes*

« Nous avouons nos défauts pour réparer par notre sincérité le tort qu'ils nous font dans l'esprit des autres. »

LA ROCHEFOUCAULD, *Maximes*

« Rien n'est si contagieux que l'exemple, et nous ne faisons jamais de grands biens ni de grands maux qui n'en produisent de semblables. Nous imitons les bonnes actions par émulation, et les mauvaises par la malignité de notre nature que la honte retenait prisonnière, et que l'exemple met en liberté. »

LA ROCHEFOUCAULD, *Maximes*

« Comme il est malaisé que plusieurs personnes puissent avoir les mêmes intérêts, il est nécessaire au moins, pour la douceur de la société, qu'ils n'en aient pas de contraires. On doit aller au-devant de ce qui peut plaire à ses amis, chercher les moyens de leur être utile, leur épargner des chagrins, leur faire voir qu'on les partage avec eux quand on ne peut les détourner, les effacer insensiblement sans prétendre de les arracher tout d'un coup, et mettre en la place des objets agréables, ou du moins qui les occupent. On peut leur parler des choses qui les regardent, mais ce n'est qu'autant qu'ils le permettent, et on y doit garder beaucoup de mesure ; il y a de la politesse, et quelquefois même de l'humanité, à ne pas entrer trop avant dans les replis de leur cœur ; ils ont souvent de la peine à laisser voir tout ce qu'ils en connaissent, et ils en ont encore davantage quand on pénètre ce qu'ils ne connaissent pas. Bien que le commerce que les honnêtes gens ont ensemble leur donne de la familiarité, et leur fournisse un nombre infini de sujets de se parler sincèrement, personne presque n'a assez de docilité et de bon sens pour bien recevoir plusieurs avis qui sont nécessaires pour maintenir la société : on veut être averti jusqu'à un certain point, mais on ne veut pas l'être en toutes choses, et on craint de savoir toutes sortes de vérités.

Comme on doit garder des distances pour voir les objets, il en faut garder aussi pour la société : chacun a son point de vue, d'où il veut être regardé ; on a raison, le plus souvent, de ne vouloir pas être éclairé de trop près, et il n'y a presque point d'homme qui veuille, en toutes choses, se laisser voir tel qu'il est. »

LA ROCHEFOUCAULD, *Réflexions diverses*

« S'abstenir de blâmer ; ne pas critiquer d'une façon blessante ceux qui ont commis un barbarisme, un solécisme, ou quelque autre faute choquante mais amener adroitement le seul terme qu'il fallait proférer, sous couvert de réponse, de témoignage à l'appui, ou de commun débat sur le fond même du sujet, et non sur la forme, ou par quelque autre moyen d'avertissement occasionnel et discret. »

MARC AURÈLE, *Pensées pour moi-même*

« Si tu le peux, dissuade-les ; si tu ne le peux pas, souviens-toi que la bienveillance t'a été donnée pour ce cas. Les Dieux eux-mêmes sont bienveillants aux gens de cette sorte ; maintes fois même ils les aident à obtenir la santé, la richesse et la gloire, tant ils sont bons ! Cela t'est possible, à toi aussi ; ou bien alors, dis-moi qui t'en empêche ? »

MARC AURÈLE, *Pensées pour moi-même*

« S'il se trompe, instruis-le avec bienveillance et montre-lui sa méprise. Mais, si tu ne le peux pas, n'en accuse que toi, ou pas même toi. »

MARC AURÈLE, *Pensées pour moi-même*

« Qu'il est difficile d'être content de quelqu'un ! »

LA BRUYÈRE, *Les Caractères*

« Ne nous emportons point contre les hommes en voyant leur dureté, leur ingratitude, leur injustice, leur fierté, leur amour d'eux-mêmes, et l'oubli des autres : ils sont ainsi faits, c'est leur nature, c'est ne pouvoir supporter que la pierre tombe ou que le feu s'élève. »

LA BRUYÈRE, *Les Caractères*

« Vous ne pouvez séparer le juste de l'injuste, ni le bon du méchant,

Car ils se tiennent ensemble devant la face du soleil, de même que le fil noir est tissé avec le blanc.

Et quand le fil noir se rompt, le tisserand vérifie toute sa toile et examine aussi le métier. »

GIBRAN, *Le Prophète*

« Quand on veut devenir philosophe, il ne faut pas se rebuter des premières découvertes affligeantes qu'on fait dans la connaissance des hommes. Il faut, pour les connaître, triompher du mécontentement qu'ils donnent, comme l'anatomiste triomphe de la nature, de ses organes et de son dégoût, pour devenir habile dans son art. »

CHAMFORT, *Maximes et pensées*

« Pour être aimé, il faut aimer, il faut être bienfaisant, il faut donner de bonnes paroles, et encore de meilleurs effets. La courtoisie est la magie politique des grands personnages. »

GRACIÁN, *L'Homme de cour*

« Savoir cueillir ce qu'il y a de bon en chaque homme, c'est un utile savoir. Le sage estime tout le monde, parce qu'il sait ce que chacun a de bon, et ce que les choses coûtent à les faire bien. »

GRACIÁN, *L'Homme de cour*

« L'on n'apprend rien de nouveau aux hommes au sujet de leurs défauts et de leur mérite. »

CHRISTINE DE SUÈDE, *Maximes*

« Les hommes, vivant dans la société, n'ont point eu cet avantage sur les bêtes pour se procurer les moyens de vivre plus délicieusement. Dieu a voulu qu'ils vécussent en commun pour se servir de guides les uns aux autres, pour qu'ils pussent voir par les yeux d'autrui ce que leur amour-propre leur cache, et qu'enfin, par un commerce sacré de confiance, ils pussent se dire et se rendre la vérité. »

MONTESQUIEU, *Éloge de la sincérité*

« Il faut chercher seulement à penser et à parler juste, sans vouloir amener les autres à notre goût et à nos sentiments ; c'est une trop grande entreprise. »

La Bruyère, *Les Caractères*

« Il se trouve des hommes qui n'écoutent ni la raison ni les bons conseils, et qui s'égarent volontairement par la crainte qu'ils ont d'être gouvernés.

D'autres consentent d'être gouvernés par leurs amis en des choses presque indifférentes, et s'en font un droit de les gouverner à leur tour en des choses graves et de conséquence. »

La Bruyère, *Les Caractères*

« Les enfants sont hautains, dédaigneux, coléreux, envieux, curieux, intéressés, paresseux, volages, timides, intempérants, menteurs, dissimulés ; ils rient et pleurent facilement ; ils ont des joies immodérées et des afflictions amères sur de très petits sujets ; ils ne veulent point souffrir le mal, et aiment à en faire : ils sont déjà des hommes. »

La Bruyère, *Les Caractères*

4

La vie en société

Bien sûr, il y a la vie en société avec ses codes, ses conventions, ses références, ses règles de savoir-vivre, où chacun s'oblige peu ou prou à avoir le langage qui convient, les gestes adéquats. Difficile, même si on l'exècre, d'échapper à cette comédie des apparences qui régit la plupart de nos rapports avec autrui. Difficile aussi de l'ignorer sous peine de passer pour un goujat et de s'isoler du monde.

Pourtant, il y a beaucoup à apprendre de nos comportements en société. À ce propos, vous lirez un peu plus loin des extraits de ce que La Bruyère écrivait dans ses Caractères, *sorte de décryptage intemporel de nos comportements. C'est riche d'enseignements. Car si les mœurs évoluent, l'on constate de grandes similitudes entre les us et coutumes d'hier et d'aujourd'hui. En grand observateur des comportements des humains, La Bruyère dissèque nos attitudes, nos travers, nos petites bassesses avec le trait acéré et sans concession qui le caractérise. C'est sans complaisance, et drôle. Et l'on sourit de s'y reconnaître aussi parfois...*

« Ne pas savoir dissimuler, c'est ne pas savoir vivre. »

CHRISTINE DE SUÈDE, *Maximes*

la naissance des sociétés et de la civilisation, il est certain qu'elle exerce en tout cas sur toute notre conduite une influence démesurée et hostile à notre bonheur. »

SCHOPENHAUER, *Aphorismes sur la sagesse de la vie*

« À l'égard du bonheur propre de l'individu (...), nous devons au contraire le dissuader d'attacher trop de prix à l'opinion des autres. Si, néanmoins, ainsi que nous l'apprend l'expérience, le fait se présente chaque jour ; si ce que la plupart des gens estiment le plus est précisément l'opinion d'autrui à leur égard, et s'ils s'en préoccupent plus que de ce qui, *se passant dans leur propre existence*, existe immédiatement pour eux ; si donc, par un renversement de l'ordre naturel, c'est l'opinion qui leur semble être la partie réelle de leur existence, l'autre ne leur paraissant en être que la partie idéale ; s'ils font de ce qui est dérivé et secondaire l'objet principal, et si l'image de leur être dans la tête des autres leur tient plus au cœur que leur être lui-même ; cette appréciation directe de ce qui, directement, n'existe pour personne, constitue cette folie à laquelle on a donné le nom de *vanité*, pour indiquer par là le vide et le chimérique de cette tendance. »

SCHOPENHAUER, *Aphorismes sur la sagesse de la vie*

« L'extrême plaisir que nous prenons à parler de nous-mêmes nous doit faire craindre de n'en donner guère à ceux qui nous écoutent. »

LA ROCHEFOUCAULD, *Maximes*

« Nous ne trouvons guère de gens de bon sens, que ceux qui sont de notre avis. »

LA ROCHEFOUCAULD, *Maximes*

« L'extérieur de l'homme est la façade de l'âme. »

GRACIÁN, *L'Homme de cour*

« Quelques gens ressemblent à un pot neuf, qui

prend pour toujours l'odeur de la première liqueur, bonne ou mauvaise, qu'on y verse. »

GRACIÁN, *L'Homme de cour*

La vie en société selon La Bruyère

« Sachez précisément ce que vous pouvez attendre des hommes en général, et de chacun d'eux en particulier, et jetez-vous ensuite dans le commerce du monde. »

LA BRUYÈRE, *Les Caractères*

« Si l'on faisait une sérieuse attention à tout ce qui se dit de froid, de vain et de puéril dans les entretiens ordinaires, l'on aurait honte de parler ou d'écouter, et l'on se condamnerait peut-être à un silence perpétuel, qui serait une chose pire dans le commerce que les discours inutiles. Il faut donc s'accommoder à tous les esprits, permettre comme un mal nécessaire le récit des fausses nouvelles, les vagues réflexions sur le gouvernement présent, ou sur l'intérêt des princes, le débit des beaux sentiments, et qui reviennent toujours les mêmes ; il faut laisser *Aronce* parler proverbe, et *Mélinde* parler de soi, de ses vapeurs, de ses migraines et de ses insomnies. »

LA BRUYÈRE, *Les Caractères*

« L'on parle impétueusement dans les entretiens, souvent par vanité ou par humeur, rarement avec assez d'attention : tout occupé du désir de répondre à ce qu'on n'écoute point, l'on suit ses idées, et on les explique sans le moindre égard pour les raisonnements d'autrui ; l'on est bien éloigné de trouver ensemble la vérité, l'on n'est pas encore convenu de celle que l'on cherche. Qui pourrait écouter ces sortes de conversations et les écrire, ferait voir quelquefois de bonnes choses qui n'ont nulle suite. »

LA BRUYÈRE, *Les Caractères*

« À mesure que la faveur et les grands biens se retirent d'un homme, ils laissent voir en lui le ridicule qu'ils couvraient, et qui y était sans que personne s'en aperçût. »

LA BRUYÈRE, *Les Caractères*

« L'on ouvre et l'on étale tous les matins pour tromper son monde ; et l'on ferme le soir après avoir trompé tout le jour. »

LA BRUYÈRE, *Les Caractères*

« Il n'y a au monde que deux manières de s'élever, ou par sa propre industrie, ou par l'imbécillité des autres. »

LA BRUYÈRE, *Les Caractères*

« Les traits découvrent la complexion et les mœurs ; mais la mine désigne les biens de fortune : le plus ou le moins de mille livres de rente se trouve écrit sur les visages. »

LA BRUYÈRE, *Les Caractères*

« Du même fonds d'orgueil dont l'on s'élève fièrement au-dessus de ses inférieurs, l'on rampe vilement devant ceux qui sont au-dessus de soi. C'est le propre de ce vice, qui n'est fondé ni sur le mérite personnel ni sur la vertu, mais sur les richesses, les postes, le crédit, et sur de vaines sciences, de nous porter également à mépriser ceux qui ont moins que nous de cette espèce de biens, et à estimer trop ceux qui en ont une mesure qui excède la nôtre. »

LA BRUYÈRE, *Les Caractères*

« L'incivilité n'est pas un vice de l'âme, elle est l'effet de plusieurs vices : de la sotte vanité, de l'ignorance de ses devoirs, de la paresse, de la stupidité, de la distraction, du mépris des autres, de la jalousie. Pour ne se répandre que sur les dehors, elle n'en est que plus haïssable, parce que c'est toujours un défaut visible et manifeste. Il est vrai cependant qu'il offense plus ou moins, selon la cause qui le produit. »

LA BRUYÈRE, *Les Caractères*

« Les hommes agissent mollement dans les choses qui sont de leur devoir, pendant qu'ils se font un mérite, ou plutôt une vanité, de s'empresser pour celles qui leur sont étrangères, et qui ne conviennent ni à leur état ni à leur caractère. »

LA BRUYÈRE, *Les Caractères*

« Il ne faut pas juger des hommes comme d'un tableau ou d'une figure, sur une seule et première vue : il y a un intérieur et un cœur qu'il faut approfondir. Le voile de la modestie couvre le mérite, et le masque de l'hypocrisie cache la malignité. Il n'y a qu'un très petit nombre de connaisseurs qui discerne, et qui soit en droit de prononcer ; ce n'est que peu à peu, et forcés même par le temps et les occasions, que la vertu parfaite et le vice consommé viennent enfin à se déclarer. »

LA BRUYÈRE, *Les Caractères*

« Une circonstance essentielle à la justice que l'on doit aux autres, c'est de la faire promptement et sans différer : la faire attendre, c'est injustice.

Ceux-là font bien, ou font ce qu'ils doivent, qui font ce qu'ils doivent. Celui qui dans toute sa conduite laisse longtemps dire de soi qu'il fera bien, fait très mal. »

LA BRUYÈRE, *Les Caractères*

« Un homme à la mode dure peu, car les modes passent : s'il est par hasard homme de mérite, il n'est pas anéanti, et il subsiste encore par quelque endroit : également estimable, il est seulement moins estimé.

La vertu a cela d'heureux, qu'elle se suffit à elle-même, et qu'elle sait se passer d'admirateurs, de partisans et de protecteurs ; le manque d'appui et d'approbation non seulement ne lui nuit pas, mais il la conserve, l'épure et la rend parfaite ; qu'elle soit à la mode, qu'elle n'y soit plus, elle demeure vertu. »

LA BRUYÈRE, *Les Caractères*

5

La famille

On l'aime ou on la maudit, on vit près ou loin d'elle, mais qu'importe, la famille, nos parents, nos frères et sœurs représentent ce qui nous a forgés et cimentés. Certes une famille a ses règles, ses lois, ses références. On peut être d'accord ou pas avec, ou prendre ses distances, mais on ne doit jamais la renier. Quels que soient les rapports que l'on entretient avec elle, elle demeure une entité forte qui constitue un refuge, un îlot d'amour et de compréhension. Il faut profiter de ses parents et de sa famille tant qu'on en a une. Car en dernier recours, c'est souvent vers elle qu'on se tourne et c'est elle qui ouvre les bras. « La vie de famille, écrivait Sainte-Beuve, est pleine d'épines et de soucis, mais ce sont des soucis fructueux. » Les sages chinois préconisent à ce propos de ne pas s'en éloigner et rappellent qu'une famille est la plus belle des richesses.

« Après un bon dîner, on peut pardonner à tout le monde, même à sa famille. »

OSCAR WILDE, *Aphorismes*

« Les enfants commencent par aimer leurs parents ;

en grandissant, ils se mettent à les juger – parfois ils leur pardonnent. »

OSCAR WILDE, *Aphorismes*

« Les enfants du paysan

Les enfants d'un paysan ne parvenaient pas à s'entendre. Malgré ses instances, comme il ne trouvait pas de mots pour les persuader de s'amender, il résolut d'illustrer son propos, et leur demanda de lui apporter un faisceau de baguettes. Lorsqu'ils se furent exécutés, il leur tendit tout d'abord les baguettes liées ensemble, puis leur ordonna de les briser : ses enfants redoublèrent d'efforts, mais n'y parvinrent pas. Alors, après les avoir déliées, il leur donna les baguettes l'une après l'autre : ils les rompirent sans difficulté. “Vous aussi, mes enfants”, conclut le paysan, “si vous vivez en bonne intelligence, vous n'offrirez aucune prise à vos ennemis ; mais si vous êtes brouillés, vous leur serez une proie facile.”

La fable montre qu'autant l'union fait la force, autant la discorde est aisément vaincue. »

ÉSOPE, *Fables*

« Gardez à l'esprit l'âge de vos père et mère : que cette pensée soit et votre joie et votre inquiétude. »

Les Entretiens de Confucius

« Une lettre de sa famille vaut mille pièces d'or. »

Proverbe chinois

« On choisit ses copains mais jamais sa famille. »

RENAUD, « Mon beauf »

« Vous êtes les arcs à partir desquels vos enfants, telles des flèches vivantes, sont lancés. »

GIBRAN, *Le Prophète*

« Les enfants n'ont ni passé ni avenir, et, ce qui ne nous arrive guère, ils jouissent du présent. »

LA BRUYÈRE, *Les Caractères*

Troisième partie

LA SÉRÉNITÉ SELON LA SAGESSE CHINOISE

Depuis l'Antiquité, la sagesse chinoise s'appuie sur les forces du « yin » et du « yang ». Dans la philosophie taoïste chinoise, le « yin » s'assimile à une notion de passivité. C'est la matière inerte et tout ce qui se rapporte de près ou de loin à la nature. À l'opposé, le « yang » correspond à la notion d'activité et de force vitale. Certains, les taoïstes, disciples de Lao-tseu, appuient leur philosophie sur la nature et prônent une forme de soumission à l'ordre naturel des choses. D'autres, comme les disciples de Confucius, se réfèrent davantage aux vertus morales et aux comportements de l'homme dans l'univers. Malgré leurs différences, tous recherchent la paix intérieure de l'individu, à travers une conduite sage, sans excès, et ils préconisent une vie en harmonie avec les lois de la nature. Leur philosophie pourrait à peu près se résumer à ceci : accepter son destin d'homme en conformité avec l'équilibre naturel de l'univers.

Certains de ces préceptes sont venus du fond des âges, d'autres sont plus récents. Ce qui les caractérise dans leur ensemble est leur réalisme. Les sages chinois aiment parsemer leurs sentences d'images émaillées de naïveté et de poésie, mais toujours éloquentes. Nous ne sommes pas là dans l'abstraction mais dans une logique simple et claire, comme en témoignent les comparaisons avec les enfants, les arbres, les plantes, les animaux. C'est sans doute cette simplicité qui rend les proverbes chinois si populaires et justes. Ils rincent l'esprit tant ils rappellent parfois des évidences que nous avons tendance à oublier. Ils sont une sorte de vade-mecum moral, empreint de sagesse et de bon sens. À lire et à relire quand le besoin s'en fait sentir. Et à méditer.

La loi de la nature

« Tes jours viennent, puis s'en vont ; qui en connaît la raison ? »

LIE-TSEU

« Les années et mois n'attendent personne. »

Proverbe chinois

« Vieux ou pas vieux, c'est chacun qui le sait. »

Proverbe chinois

« Ne passez pas vos journées dans l'oisiveté, la jeunesse ne revient jamais. »

Proverbe chinois

« Tout passe comme cette eau ; rien ne s'arrête ni jour ni nuit. »

Confucius

« L'eau courante ne se corrompt jamais. »

Proverbe chinois

« La mauvaise herbe, il ne faut pas la couper mais la déraciner. »

Proverbe chinois

« L'eau ne reste pas sur les montagnes, ni la vengeance sur un cœur noble. »

Proverbe chinois

« Il vaut mieux allumer une seule et minuscule chandelle que de maudire l'obscurité. »

Proverbe chinois

« Il n'y a point de roses de cent jours. »

Proverbe chinois

« L'auguste ciel ne se montre pas injuste envers ceux qui se donnent du mal. »

Proverbe chinois

« On connaît une bonne source au moment de la sécheresse et un bon ami au moment de l'adversité. »

Proverbe chinois

« Dans un excellent cheval, ce n'est pas la force qu'on estime le plus, mais la douceur. »

CONFUCIUS

« Verser de l'eau froide sur le pot qui bout ne vaut pas retirer le bois du foyer. »

Proverbe chinois

« S'il n'est pas soutenu par un tuteur, le jeune arbre se courbe facilement. »

Proverbe chinois

« La porte la mieux fermée est celle qu'on peut laisser ouverte. »

Proverbe chinois

« Ne prenez pas pour miroir le cristal des eaux, prenez les hommes. »

Le *Chou king*

« Les beaux chemins ne mènent pas loin. »

Proverbe chinois

« Il est plus facile de marcher que d'effacer les traces de ses pas après avoir marché. »

TCHOUANG-TSEU

« Quand la route est longue, on connaît la force du cheval ; quand une affaire est longue, on connaît la volonté d'un homme. »

Proverbe chinois

« La bouse de vache est plus utile que les dogmes. On peut en faire de l'engrais. »

MAO TSÉ-TOUNG

« La rivière tranquille a ses rives fleuries. »

Proverbe chinois

« Lorsque le vent ne souffle pas, l'arbre ne s'agite pas. »

Proverbe chinois

« L'habitude devient nature. »

Proverbe chinois

« La feuille tombée retourne à sa racine. »

Proverbe chinois

« Quand la lune est pleine, elle commence à décroître ; quand les eaux sont hautes, elles débordent. »

Proverbe chinois

« Lorsque le ciel envoie ses malheurs, on peut s'en garantir ; mais nul ne saurait échapper aux maux qu'il s'attire lui-même. »

Proverbe chinois

« La rose n'a d'épines que pour qui veut la cueillir. »

Proverbe chinois

« Une seule fente peut couler un bateau. »

Proverbe chinois

« Une petite étincelle négligée peut causer un vaste incendie. »

Proverbe chinois

« Un chien n'est pas un bon chien parce qu'il aboie beaucoup. »

TCHOUANG-TSEU

« Agneau en peau de tigre craint encore le loup. »

Proverbe chinois

« La montagne et l'eau finiront par se rencontrer. »

Proverbe chinois

« Les paroles, une fois dites, sont comme les montagnes. »

Proverbe chinois

Les comportements humains

« Un homme heureux est une barque qui navigue sous un vent favorable. »

Proverbe chinois

« Vous me demandez quel est le suprême bonheur ici-bas ? C'est d'écouter la chanson d'une petite fille qui s'éloigne après vous avoir demandé son chemin. »

Li-Tai-Po

« Celui qui sait se contenter sera toujours content. »

Lao-Tseu

« Sourire trois fois tous les jours rend inutile tout médicament. »

Proverbe chinois

« Sourire, c'est rajeunir de dix ans ; s'attrister, c'est se faire des cheveux blancs. »

Proverbe chinois

« Celui-là est vraiment fort qui sait se vaincre lui-même. »

Proverbe chinois

« L'homme de bien est droit et juste, mais non raide et inflexible ; il sait se plier, mais non se courber. »

Confucius

« Celui qui vise à la perfection sera au-dessus de la médiocrité ; mais celui qui vise à la médiocrité tombera plus bas encore. »

Confucius

« Point n'est besoin d'élever la voix quand on a raison. »
Proverbe chinois

« L'homme content de son sort ne connaît pas la ruine. »
LAO-TSEU

« Rien n'est dur pour ceux qui ont de la volonté. »
Proverbe chinois

« Comment n'aurait-on pas le bonheur dès l'instant qu'on a la sérénité ? »
Proverbe chinois

« Quand un homme de bien entre dans une maison, ceux de l'extérieur arrivent. »
Proverbe chinois

« Le sage redoute la célébrité comme l'ignominie. »
LAO-TSEU

« Où il y a un avantage, il y a nécessairement un inconvénient. »
Proverbe chinois

« L'amour est tout yeux, et n'en a pas de bon. »
Proverbe chinois

« Quiconque aime une grenouille en fera une déesse. »
Proverbe chinois

« Une parole venue du cœur tient chaud pendant trois hivers. »
Proverbe chinois

« Les cœurs les plus proches ne sont pas ceux qui se touchent. »
Proverbe chinois

« L'esprit a beau faire plus de chemin que le cœur, il ne va jamais aussi loin. »

Proverbe chinois

« Le fond du cœur est plus loin que le bout du monde. »

Proverbe chinois

« Chaumière où l'on rit vaut mieux que palais où l'on pleure. »

Proverbe chinois

« Ne vous éloignez pas tant que vos parents sont là. »

Les Entretiens de Confucius

« Quand tout va bien on peut compter sur les autres, quand tout va mal on ne peut compter que sur sa famille. »

Proverbe chinois

« Une lettre de sa famille vaut mille pièces d'or. »

Proverbe chinois

« Au lieu d'espérer et d'attendre le temps, ne vaut-il pas mieux utiliser son temps ? »

SIUN-TSEU

« Qui s'attache à l'argent s'attire les affronts ; qui s'attache au pouvoir s'épuise ; qui vit dans l'oisiveté s'y noie ; qui s'habitue au bien-être en devient esclave. Quelle vie de maladie ! »

TCHOUANG-TSEU

« J'ai soin de bien vivre afin de bien mourir. »

TCHOUANG-TSEU

« Ce n'est pas le ciel qui tranche prématurément le fil de la vie des hommes ; ce sont les hommes qui, par leurs égarements, s'attirent eux-mêmes la mort au milieu de leur vie. »

MONG-TSEU

« Parmi les choses que je redoute, il en est de plus redoutables que la mort. »

MONG-TSEU

« Le destin des hommes est de mourir... Pourquoi m'attrister, alors que mon sort est normal et que mon destin est celui de tous les humains ? »

LIE-TSEU

« Rien n'est plus affligeant que la mort du cœur, la mort de l'homme est secondaire. »

Proverbe chinois

« Même les riches n'ont pas de méthode pour mourir. »

Proverbe chinois

« De tout ce qui est en l'homme, rien n'est meilleur que la pupille de l'œil : elle ne sait pas cacher ce que le cœur a de mauvais. »

MONG-TSEU

« On ne peut mesurer la mer ; on ne peut sonder le cœur de l'homme. »

Proverbe chinois

« Celui qui sait une chose ne vaut pas celui qui l'aime. Celui qui aime une chose ne vaut pas celui qui en fait sa joie. »

Les Entretiens de Confucius

« L'homme bon commence par le plus ardu et ne récolte qu'en dernier lieu. »

Les Entretiens de Confucius

« L’usage du monde conduit à la défiance ; la défiance mène aux soupçons ; les soupçons à la finesse ; la finesse à la méchanceté ; et la méchanceté mène à tout. »

Proverbe chinois

« Chaque coup de colère est un coup de vieux, chaque sourire est un coup de jeune. »

Proverbe chinois

« Qui peut dominer une colère passagère s’évite cent jours de misère. »

Proverbe chinois

« Le grand défaut des hommes, c’est d’abandonner leurs propres champs pour aller ôter l’ivraie de ceux des autres. »

MONG-TSEU

« Avant tout, cultivez la fidélité et la bonne foi. Ne recherchez pas l’amitié de ceux qui ne vous valent pas. »

Les Entretiens de Confucius

« Qui peut extraire une vérité neuve d’un savoir ancien a qualité pour enseigner. »

Les Entretiens de Confucius

« Le vrai savoir, c’est de reconnaître qu’on sait ce qu’on sait, et qu’on ne sait pas ce qu’on ne sait pas. »

Les Entretiens de Confuctus

« Dans les cérémonies, préférez la simplicité à l’opulence ; dans les funérailles, préférez les larmes à la pompe. »

Les Entretiens de Confuctus

« L’homme bon jouit tranquillement de sa bonté, l’homme sage la met à profit. »

Les Entretiens de Confucius

« Seul un homme pleinement humain sait bien aimer et sait bien haïr. »

Les Entretiens de Confucius

« Que l'on s'efforce d'être pleinement humain, et il n'y aura plus place pour le mal. »

Les Entretiens de Confuctus

« L'honnête homme n'attend que la justice, l'homme vulgaire attend des faveurs. »

Les Entretiens de Confucius

« Mille suppliques ne valent pas une menace. »

Proverbe chinois

« L'honnête homme envisage les choses du point de vue de la justice, l'homme vulgaire, du point de vue de son intérêt. »

Les Entretiens de Confucius

« Quand vous rencontrez un homme vertueux, cherchez à l'égaler. Quand vous rencontrez un homme dénué de vertu, examinez vos propres manquements. »

Les Entretiens de Confuctus

« Prenez trois hommes au hasard des rues : ils auront nécessairement quelque chose à m'enseigner. Les qualités de l'un me serviront de modèle, les défauts de l'autre, d'avertissement. »

Les Entretiens de Confucius

« L'imprévoyant creuse un puits quand il a soif. »

Proverbe chinois

« Tu pars pour un jour, emporte des provisions pour deux jours ; tu voyages l'été, emporte tes habits d'hiver. »

Proverbe chinois

« Si l'on n'a pas fait d'effort lorsqu'on était jeune et fort, inutile de se lamenter quand on est vieux. »

Proverbe chinois

« Si vous ne traitez pas bien ceux que vous devriez traiter le mieux, vous ne traiterez bien personne. »

MONG-TSEU

« Ceux qui ont la langue trop bien pendue se créent une foule d'ennemis. »

Les Entretiens de Confucius

« Le chemin du devoir est toujours proche ; mais l'homme le cherche loin de lui. »

Proverbe chinois

« Reculez d'un pas et tout s'élargira spontanément. »

Proverbe chinois

« Comme les richesses ornent et embellissent une maison, de même les intentions pures et sincères ornent et embellissent la personne. »

CONFUCIUS

« Cent "non" font moins de mal qu'un "oui" jamais tenu. »

Proverbe chinois

« L'homme de peu considère un peu de bien comme sans valeur, et il ne le fait point ; et il considère un peu de mal comme n'étant pas nuisible, et il ne l'évite pas. »

CONFUCIUS

« L'homme de bien ne demande rien qu'à lui-même ; l'homme de peu demande tout aux autres. »

CONFUCIUS

« Quand l'inférieur est à son aise, le supérieur est tranquille. »

Le *Yi king*

« Pratique la souplesse et tu deviendras ferme ; exerce-toi dans la faiblesse et tu deviendras fort. »

LIE-TSEU

« Parler ne fait pas cuire le riz. »

Proverbe chinois

« Le bavardage est l'écume de l'eau ; l'action est une goutte d'or. »

Proverbe chinois

« Observez attentivement la conduite des gens, vous prévoirez leur avenir, leur malheur ou leur bonheur. »

LIE-TSEU

« Qui reconnaît son ignorance n'est pas vraiment ignorant ; qui reconnaît son égarement n'est pas vraiment égaré. »

TCHOUANG-TSEU

« Celui qui aime à demander conseil, grandira. »

Proverbe chinois

« Celui qui ne progresse pas chaque jour, recule chaque jour. »

CONFUCIUS

« Le savoir que l'on ne complète pas tous les jours, diminue tous les jours. »

Proverbe chinois

« Un savant qui a tout vu ne vaut pas quelqu'un qui a fait une chose de ses mains. »

Proverbe chinois

« Un jour en vaut trois pour qui fait chaque chose en son temps. »

Proverbe chinois

« Richesses et honneurs injustement obtenus ne sont pas plus solides que le nuage flottant qui passe. »

Confucius

« Être homme est facile, être un homme est difficile. »

Proverbe chinois

« Qui est esclave de ses désirs ne peut en même temps rester maître de lui. »

Confucius

« L'échec est le fondement de la réussite. »

Lao-tseu

« C'est seulement lorsqu'on a enduré souffrances sur souffrances qu'on est au-dessus des autres. »

Proverbe chinois

« L'échec est la mère du succès. »

Proverbe chinois

« Beaucoup de petites défaites peuvent amener une grande victoire. »

Tchouang-tseu

« Conseiller est facile, aider est difficile. »

Proverbe chinois

« Un voyage de mille lieues a commencé par un pas. »

Lao-tseu

« Qui veut gravir une montagne commence par le bas. »

Confucius

« Une montagne, si haute qu'elle soit, craint un homme lent. »

Proverbe chinois

« Celui qui ne sait pas se fâcher est un sot ; mais celui qui ne veut pas se fâcher est un sage. »

Proverbe chinois

« Celui qui cède la route n'est jamais l'imbécile. »

Proverbe chinois

« En toute chose, il faut soigner le commencement et penser d'avance à la fin. »

Proverbe chinois

« Ne vous affligez pas de n'être connu de personne, mais travaillez à vous rendre digne d'être connu. »

CONFUCIUS

« Prétendre contenter ses désirs par la possession, c'est compter que l'on étouffera le feu avec la paille. »

Proverbe chinois

« L'ignorance est la nuit de l'esprit, et cette nuit n'a ni lune ni étoile. »

Proverbe chinois

« Écouter et choisir entre les avis, voilà le premier pas de la connaissance ; voir et réfléchir sur ce qu'on a vu, voilà le second pas de la connaissance. »

CONFUCIUS

« Le plus grand conquérant est celui qui sait vaincre sans bataille. »

LAO-TSEU

« L'homme de bien oublie ses anciennes haines. »

Proverbe chinois

« Cherchez et vous trouverez ; si vous cessez de chercher, vous ne trouverez pas. »

Proverbe chinois

« Plus on étudie, plus on voit que l'on ignore beaucoup de choses. »

Proverbe chinois

« Un homme patient peut tenir tête à cent braves. »

Proverbe chinois

« Un homme pressé n'accomplira rien de bon, un chat pressé n'attrapera pas de rats. »

Proverbe chinois

« Ne craignez pas d'être lent, craignez seulement d'être à l'arrêt. »

Proverbe chinois

« Mieux vaut faire des choses minimes que de ne rien faire du tout. »

Proverbe chinois

« Un morceau de viande corrompu suffit à gâcher le bouillon de toute une marmite. »

Proverbe chinois

« L'or n'appartient pas à l'avare ; c'est l'avare qui appartient à son or. »

Proverbe chinois

« Vivre dans la pauvreté sans nul ressentiment, c'est là le difficile ; après quoi rouler sur l'or sans arrogance ne coûte rien. »

CONFUCIUS

« Qui a beaucoup d'argent et pas d'enfant, il n'est pas riche ; qui a beaucoup d'enfants et pas d'argent, il n'est pas pauvre. »

Proverbe chinois

« Qui veut être riche ne sera pas bon ; qui veut être bon ne sera pas riche. »

MONG-TSEU

« Vous désirez que les hommes vous aiment ? Commencez par les aimer. »

Proverbe chinois

« Les excès tuent plus sûrement que les épées. »

Proverbe chinois.

« Le poisson ne voit pas l'hameçon, il ne voit que l'appât ; l'homme ne voit pas le péril, il ne voit que le profit. »

Proverbe mandchou

« En toute affaire, reculez d'un pas et vous aurez l'avantage. »

KANG-HSI

« L'envie, c'est comme un grain de sable dans l'œil. »

Proverbe chinois

« Ce qui est acquis par des voies injustes, on le perdra par des voies injustes. »

CONFUCIUS

« Si tu avances, tu meurs. Si tu recules, tu meurs. Alors pourquoi reculer ? »

Proverbe chinois

« Le tranchant aigu d'une lame fait une vive blessure ; les mauvaises paroles causent une blessure plus difficile encore à cicatriser. »

Proverbe chinois

« Une bonne parole n'est pas facile à dire ; une mauvaise échappe aisément. Une fois lâchée, elle part au triple galop et ne revient que difficilement. »

Proverbe chinois

« Les méchants seront punis par des méchants. »

Proverbe chinois

« La boue cache un rubis mais ne le tache pas. »

Proverbe chinois

« L'approbation de mille flatteurs ne vaut pas une parole sincère d'un honnête homme. »

CHEU-KI

« Une rencontre est toujours le fruit d'un hasard céleste. »

Proverbe chinois

« Lorsque les circonstances changent, on reconnaît le cœur des gens. »

Proverbe chinois

« Celui qui se hâte ne sait pas, celui qui sait ne se hâte pas. »

Proverbe chinois

« Si l'on vous écoute, soyez content ; si l'on ne vous écoute pas, soyez encore content. »

MONG-TSEU

« Les paroles sincères manquent souvent d'élégance ; les paroles élégantes sont rarement sincères. »

LAO-TSEU

« À bon vin, paroles sincères. »

Proverbe chinois

« Plus fort est celui qui sait cacher sa force, que celui qui sait l'exercer. »

LIE-TSEU

« Si à la maison tu ne frappes personne, lorsque tu sortiras, personne ne te frappera. »

Proverbe chinois

« Ce n'est pas briller que de s'approuver soi-même. »

Lao-tseu

« Les beaux parleurs se font souvent plus d'ennemis que d'amis. »

Confucius

« Celui qui vante trop haut ses succès aiguise déjà l'instrument de sa perte. »

Proverbe chinois

« Qui s'avance avec trop d'empressement, reculera plus vite encore. »

Mong-tseu

« L'arbre est déjà devenu un bateau. »

Proverbe chinois

« Quand le malheur vous tombe sur la tête, il est trop tard pour regretter. »

Proverbe chinois

« Le malheur ne franchit pas la porte d'une famille prudente. »

Proverbe chinois

« Quand on est heureux on l'ignore, comme un bateau sur l'eau ignore le courant. »

Proverbe chinois

« Un bonheur aplanit cent malheurs. »

Proverbe chinois

« Les gens heureux n'ont pas besoin de se presser. »

Proverbe chinois

« Quand un matin, on a compris la Voie, on peut mourir le soir. »

Proverbe chinois

La sagesse intérieure

« À quoi bon avoir la crainte du ciel pour boussole, si la conscience ne tient pas le gouvernail ? »

Proverbe chinois

« On ne peut marcher en regardant les étoiles quand on a une pierre dans son soulier. »

Proverbe chinois

« Commettre une faute et ne pas s'en corriger, c'est là la vraie faute. »

CONFUCIUS

« Si la base est solide, la maison est solide. »

Le *Yi king*

« Si le corps est droit, qu'importe que l'ombre soit tordue ? »

Proverbe chinois

« Balayer par terre, c'est comme se purifier le cœur. »

Proverbe chinois

« Le bien ne fait pas de bruit ; le bruit ne fait pas de bien. »

Proverbe chinois

« Faire le bien est le plus grand des plaisirs. »

Proverbe chinois

« Rendre service aux autres, c'est se rendre service à soi-même. »

Proverbe chinois

« Quand on comprend ce qu'est la honte, on se rapproche du courage. »

Proverbe chinois

« Il y a une sanction pour le bien et pour le mal ; si elle tarde, c'est que l'heure n'est pas venue. »

Proverbe chinois

« Ce ne sont pas les puces des chiens qui font miauler les chats. »

Proverbe chinois

« Chaque jour je m'examine plusieurs fois : me suis-je fidèlement acquitté de mes engagements ? Me suis-je montré digne de la confiance de mes amis ? Ai-je mis en pratique ce qu'on m'a enseigné ? »

Les Entretiens de Confucius

« À qui offense le Ciel, rien ne sert de prier. »

Les Entretiens de Confucius

« Qui veut battre son chien trouve toujours un bâton. »

Proverbe chinois

« Avant même d'avoir trompé les autres, on s'est déjà fait du tort à soi-même. »

Proverbe chinois

« Ne vous souciez pas d'être sans emploi ; souciez-vous plutôt d'être digne d'un emploi. Ne vous souciez pas de n'être pas remarqué ; cherchez plutôt à faire quelque chose de remarquable. »

Les Entretiens de Confucius

« Qui plante la vertu, ne doit pas oublier de l'arroser souvent. »

Le *Chou king*

« L'âme n'a pas de secret que la conduite ne révèle. »

Proverbe chinois

« On ne trébuche pas quand on n'a pas de boue sous les pieds. »

Proverbe chinois

« La première fois c'est une erreur, la seconde c'est qu'on le fait exprès. »

Proverbe chinois

« Les vérités que l'on aime le moins à entendre sont souvent celles qu'on a le plus besoin de savoir. »

Proverbe chinois

« On ne s'égare jamais si loin que lorsqu'on croit connaître la route. »

Proverbe chinois

« Celui qui apaise une grande querelle et ne la vide pas jusqu'au fond, c'est comme s'il n'avait rien fait de bien. »

LAO-TSEU

« Contre la déloyauté, il n'est de meilleure garantie que la loyauté. »

Proverbe chinois

« Une lame non aiguisée finit par se rouiller. »

Proverbe chinois

« Se connaître, c'est connaître les autres ; ainsi peut-on prendre son cœur pour mesurer celui des autres. »

Proverbe chinois

« Renouvelle-toi complètement chaque jour ; fais-le de nouveau, encore de nouveau et toujours de nouveau. »

TA-HIO

« Quand la crainte ne veille pas, il arrive ce qui était à craindre. »

LAO-TSEU

« Un écart grand comme l'épaisseur d'un cheveu finit par conduire à mille stades loin du vrai chemin. »

Le *Li-ki*

« Écoute avec ton esprit plutôt qu'avec tes oreilles. »

CONFUCIUS

« Sans dessein, rien ne mène à rien. »

Le *Yi king*

« En nuisant à autrui, on nuit finalement à soi. »

Proverbe chinois

« Qui ne sait par où il est venu, ne saura par où s'en aller. »

Proverbe chinois

« Celui qui ne réfléchit pas avant d'agir, comment atteindra-t-il son but ? »

Proverbe chinois

« Un homme qui ne réfléchit pas sur le long terme connaîtra des déboires à court terme. »

Proverbe chinois

« Prenez garde : ce que vous faites à autrui vous sera rendu. »

MONG-TSEU

« Celui qui ne sait pas régler sa conduite, comment réglerait-il celle des autres ? »

CONFUCIUS

« Pour les habits, rien ne vaut les neufs ; pour les amis, rien ne vaut les vieux. »

Proverbe chinois

« Souviens-toi du bienfait et jamais de l'injure. »
Proverbe chinois

« Celui qui ne vole pas haut ne se fait pas mal en tombant. »
Proverbe chinois

« Celui qui vit au gré de ses désirs, devient de jour en jour plus faible. »
Proverbe chinois

« Plus on s'élève, plus dure sera la chute. »
Proverbe chinois

« L'homme ne doit pas oublier ses racines. »
Proverbe chinois

« Lorsqu'on tombe, ce n'est pas le pied qui a tort. »
Proverbe chinois

« Qui cache ses fautes en veut encore faire. »
Proverbe chinois

« Qui a fermé sa porte est au fond des déserts. »
Proverbe chinois

« Le sage ne s'affuble pas d'un sabre d'or. »
YOU-HO

« Tu ne peux manger ton gâteau et vouloir qu'il en reste. »
Proverbe chinois

« Insensé est celui qui croit que son ascension n'aura jamais de fin. »
Proverbe chinois

« Jamais un homme n'a pu redresser les autres en se courbant lui-même. »
MONG-TSEU

« Si vous ne voulez pas qu'on le sache, mieux vaut ne pas le faire. »

Proverbe chinois

« Le couvercle du cercueil fermé, le jugement sur quelqu'un devient définitif. »

Proverbe chinois

Quatrième partie

Rester serein dans l'adversité

1

Apprendre à dominer les difficultés

« L'épreuve ne tourne jamais vers nous le visage que nous attendions », écrivait Mauriac. « Elle est nécessaire à la connaissance de soi », ajoute Sénèque. Force est de constater qu'il faut parfois beaucoup de sang-froid et de résistance morale et physique pour faire face aux difficultés que la vie met sur notre chemin. Un échec professionnel, une rupture amoureuse, des soucis d'argent, un contretemps qui survient au plus mauvais moment... nos existences sont jalonnées de difficultés, de rendez-vous manqués, d'imprévus, d'échecs. D'où la nécessité d'apprendre à relativiser tout ce qui nous arrive malgré nous, et notamment le mauvais. Ou du moins ce que nous percevons comme étant mauvais. Car il y a toujours une leçon à tirer d'une difficulté. Et la façon même dont nous l'appréhendons peut être à elle seule un enseignement. L'une des clés pour faire face aux difficultés est non de les combattre et de les prendre de front, mais de les contourner en cherchant leur aspect positif. Dans l'adversité, l'état d'esprit fait tout.

« Ce n'est pas parce que les choses sont difficiles que nous n'osons pas les faire. C'est parce que nous n'osons pas les faire qu'elles sont difficiles. »

SÉNÈQUE, *La Constance du sage*

« D'ailleurs, le chemin n'est pas si ardu que certains se l'imaginent. C'est à ses débuts qu'on trouve des cailloux, des éboulis qui lui donnent l'air impraticable. La plupart des chemins de montagne, quand on les regarde de loin, semblent escarpés, tourmentés. C'est la distance qui provoque cette illusion d'optique ; qu'on se rapproche et tous les éléments que l'erreur de perspective nous présentait en entassement chaotique se distinguent peu à peu les uns des autres et l'on s'aperçoit que ce qui, de loin, semblait un éperon impossible à gravir n'est qu'une pente tout à fait accessible. »

SÉNÈQUE, *La Constance du sage*

« L'épreuve est nécessaire à la connaissance de soi. C'est l'expérience qui nous fait prendre la mesure de nos propres forces. »

SÉNÈQUE, *La Providence*

« Ne suppose pas, si quelque chose t'est difficile, que cette chose soit impossible à l'homme. Mais, si une chose est possible et naturelle à l'homme, pense qu'elle est aussi à ta portée. »

MARC AURÈLE, *Pensées pour moi-même*

« Nos jours sont trop courts pour que nous endossions les chagrins des autres. Chaque homme vit sa propre vie et en paye lui-même le prix. Il est cependant dommage qu'il faille payer si souvent pour chaque faute. En fait, on ne cesse de payer et de payer de nouveau. Dans son commerce avec les humains, le destin ne clôt jamais ses comptes. »

OSCAR WILDE, *Aphorismes*

« C'est seulement dans la souffrance qu'on fait la preuve de sa vertu. »

SÉNÈQUE, *La Providence*

« Un arbre n'est solide et robuste que s'il doit résister

fréquemment aux bourrasques : les secousses resserrent ses fibres et fixent plus profondément ses racines. L'arbre qui grandit dans la douceur d'un vallon reste fragile. »

SÉNÈQUE, *La Providence*

« La femme et ses servantes

Une femme veuve et dure à la tâche avait des servantes qu'elle réveillait la nuit, au chant du coq, pour les faire travailler. Celles-ci, épuisées par un labeur sans relâche, résolurent d'étrangler le coq de la maison : elles le tenaient en effet pour responsable de leurs maux, puisqu'il réveillait leur maîtresse avant l'aube. Elles le firent donc, mais leur sort n'en fut que plus rude – car la maîtresse, privée du coq qui lui donnait l'heure, les tirait du lit encore plus tôt.

Il est de même bien des gens qui, par leurs décisions, sont les artisans de leurs propres malheurs. »

ÉSOPE, *Fables*

« La privation fait trouver tout meilleur. L'eau de la fontaine d'autrui est aussi délicieuse que le nectar. »

GRACIÁN, *L'Homme de cour*

« Les occasions nous font connaître aux autres, et encore plus à nous-mêmes. »

LA ROCHEFOUCAULD, *Maximes*

« Examinez la vie des hommes et des peuples les meilleurs et les plus féconds, et demandez-vous si un arbre qui doit s'élever fièrement dans les airs peut se passer du mauvais temps et des tempêtes ; si l'hostilité du dehors, les résistances extérieures, toutes les sortes de haine, d'envie, d'entêtement, de méfiance, de dureté, d'avidité et de violence ne font pas partie des circonstances favorables sans lesquelles rien, même la vertu, ne saurait croître grandement ? le poison qui tue les natures faibles est un fortifiant pour les fortes ; (...) aussi ne l'appellent-elles pas poison. »

NIETZSCHE, *Le Gai Savoir*

« Nous devons savoir que si nous souffrons, cela ne vient pas des lieux que nous fréquentons mais bien de nous : nous n'avons plus la force de rien supporter – effort, plaisir, notre propre personne, ni quoi que ce soit. »

SÉNÈQUE, *De la tranquillité de l'âme*

« Le meilleur service que nous ait rendu la nature, c'est, sachant à quelles épreuves nous vouait notre naissance, d'avoir inventé, pour atténuer nos malheurs, l'accoutumance : elle nous permet ainsi de nous familiariser rapidement avec nos souffrances les plus pénibles. Personne ne résisterait si l'adversité persistait à frapper avec la même violence qu'à sa première attaque. »

SÉNÈQUE, *De la tranquillité de l'âme*

2

Dominer sa peur

Nous avons toujours peur de quelque chose. Peur d'échouer à un examen, peur de ne pas être à la hauteur, peur d'être quitté par la personne que l'on aime, peur d'avoir un accident, peur pour ceux qui nous sont chers, peur de la mort... Si ces peurs sont légitimes – « Tous les hommes ont peur. Tous. Celui qui n'a pas peur n'est pas normal ; ça n'a rien à voir avec le courage », écrivait Sartre, dans Les Chemins de la liberté *– il faut prendre garde à ne pas se laisser dominer par elles. Le sentiment de peur est en effet l'un des plus restrictifs qui soient. Il nous limite, il restreint nos envies et nos ambitions, il nous fait régresser, nous stresse, nous fait perdre confiance en nous-mêmes, et provoque des maladies. Il faut avoir conscience des dangers qui nous guettent, mais il faut aller au fond de soi trouver le courage de dominer sa peur. Il est nécessaire de prendre des risques et de se mettre en péril pour avancer. La réalisation de ce qui nous tient au cœur en dépend.*

« Nous promettons selon nos espérances, et nous tenons selon nos craintes. »

La Rochefoucauld, *Maximes*

« Les seuls maux futurs qui doivent avec raison nous alarmer sont ceux dont l'arrivée et le moment d'arrivée sont certains. Mais il y en a bien peu qui soient dans ce cas, car les maux sont ou simplement possibles, tout au plus vraisemblables, ou bien ils sont certains, mais c'est l'époque de leur arrivée qui est douteuse. Si l'on se préoccupe des deux espèces de malheurs, on n'a plus un seul moment de repos. Par conséquent, afin de ne pas perdre la tranquillité de notre vie pour des maux dont l'existence ou l'époque sont indécises, il faut nous habituer à envisager les uns comme ne devant jamais arriver, les autres comme ne devant sûrement pas arriver de sitôt. »

SCHOPENHAUER, *Aphorismes sur la sagesse de la vie*

« L'inquiétude, la crainte, l'abattement n'éloignent pas la mort, au contraire : je doute seulement que le ris excessif convienne aux hommes, qui sont mortels. »

LA BRUYÈRE, *Les Caractères*

« Quoi que soit ce qui t'arrive, cela t'était préparé de toute éternité, et l'enchaînement des causes avait filé ensemble pour toujours et ta substance et cet accident. »

MARC AURÈLE, *Pensées pour moi-même*

« Où serait le mérite, si les héros n'avaient jamais peur ? »

ALPHONSE DAUDET, *Tartarin de Tarascon*

« C'est du mystère seul que l'on a peur. Il faut qu'il n'y ait plus de mystère. Il faut que les hommes soient descendus dans ce puits sombre, et en remontent, et disent qu'ils n'ont rien rencontré. »

ANTOINE DE SAINT-EXUPÉRY, *Vol de nuit*

3

Surmonter le malheur et le chagrin

Certaines épreuves nous paraissent insurmontables et certains chagrins inconsolables. S'imagine-t-on survivre à la perte d'un être cher ? Comment retrouver goût à la vie quand celui ou celle que l'on aime nous quitte ? Est-il possible de surmonter les ravages d'une passion ? Ou d'endurer la maladie ou la déchéance, la sienne ou celle d'un proche ?

Pour supporter le malheur, il faut l'avoir anticipé, nous disent en substance les philosophes. C'est en effet dans le bonheur que se prépare le malheur, tout comme c'est en été que l'on fait provision pour l'hiver. Il faut donc se préparer au malheur, non pour l'attirer à soi mais pour l'envisager comme quelque chose de possible et avec lequel il faudra faire, le cas échéant. C'est en jouissant du bonheur présent que l'on prend, si l'on peut dire, des forces pour affronter les épreuves. « Le malheur qui peut frapper un individu peut frapper n'importe qui », rappelle Sénèque. Manière de souligner que le malheur d'autrui est aussi un enseignement. En soutenant ou en aidant des proches dans la peine, c'est soi-même que l'on aide à se préparer à un éventuel coup du sort.

On sait bien que les malheurs nous grandissent,

même si ce genre de phrase paraît incongru lorsqu'on est plongé dans le désarroi et la peine. Pourtant, il ne faut pas sous-estimer nos capacités à endurer les épreuves. « Il n'est pas d'arbre que le vent n'ait secoué », disent les Indiens.

Enfin, malgré le malheur, il faut garder confiance. Confiance dans la vie, confiance dans des lendemains qui chantent et dans le renouveau.

« La nuit la plus sombre a toujours une fin lumineuse. »

Poète persan

« Car un mal ne vient jamais tout seul. Les maux, ainsi que les biens, se tiennent comme des chaînons. »

GRACIÁN, *L'Homme de cour*

« Partage donc la charge et le chagrin, car il est insupportable d'être tout seul à souffrir. »

GRACIÁN, *L'Homme de cour*

« Il ne faut pas réveiller le malheur quand il dort. »

GRACIÁN, *L'Homme de cour*

« Pourquoi donc cet accident serait-il un malheur, plutôt que cet autre un bonheur ? Appelles-tu, somme toute, revers pour un homme ce qui n'est pas un revers pour la nature de l'homme ? (...) Cet accident t'empêche-t-il d'être juste, magnanime, sage, circonspect, pondéré, véridique, réservé, libre, etc., toutes vertus dont la réunion fait que la nature de l'homme recueille les biens qui lui sont propres ? Souviens-toi d'ailleurs, en tout événement qui te porte au chagrin, d'user de ce principe : ceci n'est pas un revers, mais c'est un bonheur que de noblement le supporter. »

MARC AURÈLE, *Pensées pour moi-même*

« Le malheur n'entre guère que par la porte qu'on lui a ouverte. »

Proverbe chinois

« Un bonheur que rien n'a jamais troublé s'effondre à la moindre atteinte. »

SÉNÈQUE, *La Providence*

« On se trompe en imaginant que le malheur fait des exceptions : si longtemps que dure son bonheur, tout homme aura néanmoins sa part de malheur un jour. On le croit écarté, il n'est que remis. »

SÉNÈQUE, *La Providence*

« Il devrait y avoir dans le cœur des sources inépuisables de douleur pour de certaines pertes. Ce n'est guère par vertu ou par force d'esprit que l'on sort d'une grande affliction : l'on pleure amèrement, et l'on est sensiblement touché ; mais l'on est ensuite si faible ou si léger que l'on se console. »

LA BRUYÈRE, *Les Caractères*

« Il ne faut quelquefois qu'une jolie maison dont on hérite, qu'un beau cheval ou un joli chien dont on se trouve le maître, qu'une tapisserie, qu'une pendule, pour adoucir une grande douleur, et pour faire moins sentir une grande perte. »

LA BRUYÈRE, *Les Caractères*

« La linotte et la chauve-souris

Dans une cage suspendue à une embrasure, une linotte passait ses nuits à chanter. Une chauve-souris entendit sa voix, s'approcha, et lui demanda pour quelle raison elle se taisait le jour pour chanter la nuit. Ce n'était pas par simple caprice, lui répondit la linotte : car elle avait été capturée de jour à cause de son chant, et depuis lors, elle avait retenu la leçon. "Mais tes précautions", lui rétorqua la chauve-souris, "il ne faut pas les prendre maintenant qu'elles sont inutiles : tu aurais dû y songer avant d'être prise !"

La fable montre que les regrets sont vains quand le malheur survient. »

ÉSOPE, *Fables*

« Les pêcheurs de cailloux

Des pêcheurs traînaient une seine. Comme elle était lourde, ils se réjouissaient et dansaient, croyant qu'il y avait là une grosse prise. Mais lorsqu'ils l'eurent ramenée sur la grève, ils n'y trouvèrent que peu de poisson : elle était pleine de cailloux et de divers débris. Ils en furent fort mécontents, car ils ne déploraient pas tant leur mésaventure que d'avoir préjugé d'une tout autre issue. Alors l'un d'eux, un vieillard, leur dit : “Suffit, camarades ! On dirait bien que la joie a pour sœur le chagrin, et de toutes façons, nous qui nous sommes tant réjouis d'avance, il nous fallait bien subir quelques revers.”

À notre tour, il nous faut considérer combien le cours de la vie est prompt à se renverser, afin de ne point présumer toujours du même succès, et songer que le ciel le plus serein finit par se couvrir de nuages. »

ÉSOPE, *Fables*

« Rien ne me semble plus pitoyable qu'un homme qui n'a jamais connu le malheur. »

DÉMÉTRIUS

« Quand survient l'épreuve, il est trop tard pour préparer notre âme à l'assumer. »

SÉNÈQUE, *De la tranquillité de l'âme*

« Il arrive qu'un sort prospère soit le lot des gens du commun et des esprits ordinaires. Mais triompher des malheurs et de ce qui effraie les mortels, voilà ce qui distingue les grands hommes ! Nager constamment dans la félicité, traverser la vie sans connaître la moindre angoisse, c'est ignorer une moitié de la réalité. »

SÉNÈQUE, *La Providence*

« Le malheur ne distingue pas et, dans sa course errante, il se pose aujourd'hui sur l'un et demain sur l'autre. »

ESCHYLE, *Prométhée enchaîné*

« Le malheur peut être un pont vers le bonheur. »

Sentence japonaise

car qu'est-ce que ce délai ? De même, ne crois pas que mourir dans beaucoup d'années plutôt que demain, soit de grande importance. »

MARC AURÈLE, *Pensées pour moi-même*

« Qu'est-ce que mourir ? Si l'on envisage la mort en elle-même, et si, divisant sa notion, on en écarte les fantômes dont elle s'est revêtue, il ne restera plus autre chose à penser, sinon qu'elle est une action naturelle. Or celui qui redoute une action naturelle est un enfant. La mort pourtant n'est pas uniquement une action naturelle, mais c'est encore une œuvre utile à la nature. »

MARC AURÈLE, *Pensées pour moi-même*

« Ne méprise pas la mort, mais fais-lui bon accueil, comme étant une des choses voulues par la nature. Ce que sont en effet la jeunesse, la vieillesse, la croissance, la maturité, l'apparition des dents, de la barbe et des cheveux blancs, la fécondation, la grossesse, l'enfantement et toutes les autres activités naturelles qu'amènent les saisons de ta vie, telle est aussi ta propre dissolution. Il est donc d'un homme réfléchi de ne pas, en face de la mort, se comporter avec hostilité, véhémence et dédain, mais de l'attendre comme une action naturelle. Et de la même façon que tu attendras aujourd'hui l'instant où l'enfant qu'elle porte sortira du ventre de ta femme, tu dois semblablement attendre l'heure où ton âme se détachera de son enveloppe.

Et si tu veux encore un précepte tout simple, qui te touche le cœur et te rende accommodant entre tout à l'égard de la mort : porte ton attention sur les choses dont tu vas te séparer et sur les mœurs auxquelles ton âme ne sera plus mêlée. Il ne faut pas pourtant se buter contre les hommes, mais leur marquer de l'intérêt et les supporter avec douceur, sans oublier toutefois que la mort te délivrera des hommes qui n'ont pas les mêmes principes que toi. La seule chose, en effet, s'il en est une, qui pourrait te rattacher à la vie et t'y retenir, c'est qu'il te fût permis de vivre avec des hommes qui auraient en honneur les mêmes principes que toi. Mais tu vois bien, maintenant, quelle lassitude occasionne le désaccord dans l'existence commune, au point de te faire dire : "Hâte-toi, ô mort, de peur que par hasard, moi aussi, je ne m'oublie moi-même." »

MARC AURÈLE, *Pensées pour moi-même*

« Le soleil ni la mort ne se peuvent regarder fixement. »

LA ROCHEFOUCAULD, *Maximes*

« Qu'y a-t-il de pénible à retourner d'où l'on vient ? Il vivra mal, celui qui ne saura pas bien mourir. C'est ainsi qu'il faut commencer par dédramatiser la mort et refuser toute valeur à la vie. Comme le dit Cicéron, nous prenons en grippe les gladiateurs qui désirent obtenir la vie sauve par n'importe quel moyen ; en revanche, nous leur accordons notre sympathie s'ils affichent clairement leur mépris de la vie. Sache qu'il nous arrive exactement la même chose : souvent nous mourons d'avoir peur de mourir. »

SÉNÈQUE, *De la tranquillité de l'âme*

« Encore un peu, le temps d'une pause sur le vent, et une autre femme m'enfantera. »

GIBRAN, *Le Prophète*

« La mort n'arrive qu'une fois, et se fait sentir à tous les moments de la vie : il est plus dur de l'appréhender que de la souffrir. »

LA BRUYÈRE, *Les Caractères*

« L'on espère de vieillir, et l'on craint la vieillesse ; c'est-à-dire l'on aime la vie, et l'on fuit la mort. »

LA BRUYÈRE, *Les Caractères*

« Car il n'y a rien à redouter, dans le fait de vivre, pour qui a authentiquement compris qu'il n'y a rien à redouter dans le fait de ne pas vivre. Si bien qu'il est sot celui qui dit craindre la mort non pas parce qu'elle l'affligera lorsqu'elle sera là, mais parce qu'elle l'afflige à l'idée qu'elle sera là. Car la mort qui, lorsqu'elle est là, ne nous cause pas d'embarras, provoque une affliction vide lorsqu'on l'attend. »

ÉPICURE, *Lettre à Ménécée*

« Ce qui trouble les hommes, ce ne sont pas les choses, mais les jugements qu'ils portent sur les choses. Ainsi, la mort n'est rien de redoutable, puisque, même à Socrate, elle n'a point paru telle. Mais le jugement que nous portons sur la mort en la déclarant redoutable, c'est là ce qui est redoutable. Lorsque donc nous sommes traversés, troublés, chagrinés, ne nous en prenons jamais à un autre, mais à nous-mêmes, c'est-à-dire à nos jugements propres. Accuser les autres de ses malheurs est le fait d'un ignorant ; s'en prendre à soi-même est d'un homme qui commence à s'instruire ; n'en accuser ni un autre ni soi-même est d'un homme parfaitement instruit. »

ÉPICTÈTE, *Manuel d'Épictète*

« Tu n'es qu'une âme chétive qui soulève un cadavre. »

ÉPICTÈTE, *Manuel d'Épictète*

« Pour celui qui estime qu'il n'y a rien de bon que ce qui arrive à son heure, pour celui à qui il est égal d'accomplir un nombre plus ou moins grand d'actions conformes à la droite raison, pour celui à qui il importe peu de contempler le monde plus ou moins longtemps ; pour cet homme-là, la mort n'a rien d'effrayant. »

MARC AURÈLE, *Pensées pour moi-même*

« Considère sans cesse que tout ce qui naît provient d'une transformation, et habitue-toi à penser que la nature universelle n'aime rien autant que transformer ce qui est pour former de nouveaux êtres semblables. Tout être, en quelque sorte, est la semence de l'être qui doit sortir de lui. »

MARC AURÈLE, *Pensées pour moi-même*

« La mort est une apothéose lorsqu'elle soulève l'admiration de ceux qu'elle terrifie. »

SÉNÈQUE, *La Providence*

« On doit apprendre à vivre toute la vie et, ce qui est peut-être plus surprenant, toute la vie on doit apprendre à mourir. »

SÉNÈQUE, *Sur la brièveté de la vie*

« Qui craindra la mort, ne fera jamais rien de bon de son vivant ; qui saura au contraire que, dès qu'il fut conçu, son destin avait été convenu, vivra en accord avec cette convention et en même temps, avec la même force d'âme, il se distinguera en ne laissant aucun événement le prendre au dépourvu. De fait, en considérant par avance toute éventualité comme devant se réaliser, il amortira le choc de tous ses malheurs : quand on s'y est préparé et qu'on s'y attend, ce choc ne produit aucun effet extraordinaire, mais quand on se croit bien protégé et qu'on ne pense qu'au bonheur, il se fait durement ressentir. »

SÉNÈQUE, *De la tranquillité de l'âme*

« Bien vivre et bien mourir, c'est la science des sciences. »

CHRISTINE DE SUÈDE, *Maximes*

« Quelque agréable et glorieuse que soit la vie, on serait très malheureux si elle ne finissait pas. »

CHRISTINE DE SUÈDE, *Maximes*

« Tout homme qui craint la mort n'est capable de rien de grand. »

CHRISTINE DE SUÈDE, *Maximes*

« La nature nous dispose à la mort par la vieillesse ; elle nous dégoûte peu à peu de la vie par les maladies, et les incommodités qui en sont inséparables. L'on mourrait presque inconsolable, si l'on ne vieillissait pas. »

CHRISTINE DE SUÈDE, *Maximes*

« Il n'importe de rien de quelle manière on naît, mais il importe de quelle manière on meurt. »

CHRISTINE DE SUÈDE, *Maximes*

La mort de ceux qui nous sont chers

« Dans l'imagination des survivants, les morts de cessent jamais de mourir. »

ALAIN, *Propos sur le bonheur*

« Les morts pèsent moins par leur absence que par ce qui – entre eux et nous – n'a pas été dit. »

SUSANNA TAMARO, *Va où ton cœur te porte*

« Ne soyons pas tristes de l'avoir perdue, mais soyons reconnaissants de l'avoir eue. »

SAINT AUGUSTIN (à propos de la mort de sa mère)

« Les morts sont les premiers à oublier les vivants ; ils ont sur eux ce triste avantage. »

CHRISTINE DE SUÈDE, *Maximes*

« Une longue maladie semble être placée entre la vie et la mort, afin que la mort même devienne un soulagement et à ceux qui meurent et à ceux qui restent. »

LA BRUYÈRE, *Les Caractères*

« Combien d'hommes admirables, et qui avaient de très beaux génies, sont morts sans qu'on en ait parlé ! Combien vivent encore dont on ne parle point, et dont on ne parlera jamais ! »

LA BRUYÈRE, *Les Caractères*

« Raisin vert, raisin mûr, raisin sec, tout est changement, non pour ne plus être, mais pour devenir ce qui n'est pas encore. »

MARC AURÈLE, *Pensées pour moi-même*

5

Fuir les conflits

Il y a des périodes idylliques et les « fichus quarts d'heure ». Ces moments où rien ne va, où l'on ne se comprend pas, où les éléments semblent s'être ligués contre nous. Les conflits pourtant ont leur utilité. D'une part parce qu'ils expriment un malaise ou un sentiment refoulé. Ensuite parce qu'ils permettent de se mesurer à un autre, de s'affirmer, ce qui n'est jamais totalement négatif. Mais point trop ne faut en abuser. À haute dose, les discordes peuvent être destructrices. Il faut savoir lâcher prise, baisser les bras, hisser le drapeau blanc. « Le plaisir des disputes, c'est de faire la paix », rappelle Alfred de Musset. Il est donc nécessaire de savoir conclure une querelle. De comprendre ce qui l'a déclenchée, d'entendre et d'accepter les arguments de l'autre et d'en tenir compte pour l'avenir.

« Nous n'avons aucune puissance sur les passions tant que nous n'en connaissons pas les vraies causes. »

ALAIN, *Propos sur le bonheur*

« La vie n'est qu'un "mauvais quart d'heure" composé de moments exquis. »

OSCAR WILDE, *Aphorismes*

« À l'égard de tes ennemis, laisse toujours une porte ouverte à la réconciliation. »

GRACIÁN, *L'Homme de cour*

« Il n'y a point de plus haute vengeance que l'oubli. »

GRACIÁN, *L'Homme de cour*

« L'homme de bien ne se dispute avec personne et, autant qu'il le peut, en empêche les autres. »

ÉPICTÈTE, *Entretiens*

« Le sanglier et le renard

Un sanglier aiguisait ses défenses au pied d'un arbre. Un renard lui demanda pourquoi il les affûtait ainsi, alors que ni chasseur ni danger ne menaçaient : "Ce n'est pas en pure perte", répondit le sanglier, "en cas de danger, je n'aurais pas le temps de les aiguiser, mais je les trouverai alors prêtes à l'emploi."

La fable enseigne qu'il faut prendre ses précautions avant l'heure du danger. »

ÉSOPE, *Fables*

« Lorsque tu es offensé par une faute d'autrui, fais retour aussitôt sur toi-même et vois si tu n'as pas à ton actif quelque faute semblable, en regardant comme un bien, par exemple, l'argent, le plaisir, la gloriole et autres choses semblables. En t'appliquant à cela, tu auras tôt fait d'oublier ton ressentiment, dès que cette pensée te viendra : "Il y est contraint. Que peut-il faire ?" Ou bien, si tu le peux, délivre-le de sa contrainte. »

MARC AURÈLE, *Pensées pour moi-même*

« Celui qui se tait le premier dans une dispute est le plus digne de louange. »

Proverbe hébreu

« C'est par faiblesse que l'on hait un ennemi, et que l'on songe à s'en venger ; et c'est par paresse que l'on s'apaise, et qu'on ne se venge point. »

LA BRUYÈRE, *Les Caractères*

6

Prévenir la méchanceté, la vulgarité et la trahison

Les rapports humains sont ainsi faits que nul n'est certain d'échapper à la méchanceté ou de ne pas être trahi un jour. Le meilleur moyen pour tenter de s'en prémunir est de se tenir sur ses gardes. On devient méchant comme on devient malade, écrivait Voltaire. Il faut donc conduire ses affaires prudemment, rester discret, ne pas humilier ou mépriser. Il faut s'efforcer de rester digne quand d'autres essaient de nous salir et s'en tenir à sa ligne de conduite. Marc Aurèle et Christine de Suède nous conseillent opportunément de demeurer au-dessus des injures et des offenses. Ésope, lui, rappelle les règles élémentaires de prudence qui doivent régir les rapports humains : ne fais pas confiance à qui n'en est pas digne, choisis avec précaution tes amis et souviens-toi que le mal que tu fais se retourne souvent contre toi. « Car la méchanceté boit elle-même une partie de son venin », souligne Sénèque dans une lettre à Lucilius.

De la méchanceté

« Il est parfaitement monstrueux de s'apercevoir que les gens disent dans notre dos des choses qui sont absolument et entièrement vraies. »

OSCAR WILDE, *Aphorismes*

« Les hommes sont de tels poltrons ! Ils bafouent toutes les lois du monde et craignent les mauvaises langues. »

OSCAR WILDE, *Aphorismes*

« Celui qui pèche, pèche contre lui-même ; celui qui est injuste, se fait tort à lui-même en se rendant lui-même méchant. »

MARC AURÈLE, *Pensées pour moi-même*

« On est souvent injuste par omission, et non pas seulement par action. »

MARC AURÈLE, *Pensées pour moi-même*

« Il y a bien des espèces d'ingrats, comme il y a bien des espèces de voleurs, ou d'homicides : la faute est une, mais diverse à l'infini de ses manifestations. Ingrat qui nie avoir reçu le bienfait qu'il a reçu. Ingrat qui le dissimule. Ingrat qui ne le rend pas. Plus ingrat que tous, qui l'oublie ! Les premiers, en effet, à défaut de s'acquitter, restent débiteurs, et il reste au moins en eux la trace des services rendus, enfouie au fond d'une conscience fautive ; parfois, quelque motif peut les amener à la reconnaissance, s'ils sont alertés par la honte, l'envie subite d'une bonne action, comme il en surgit parfois fugitivement jusque dans le cœur des méchants, ou incités à une occasion qui leur facilite la tâche. Mais celui-là est incapable de reconnaissance à qui est échappée la totalité du bienfait reçu. Et qui qualifies-tu de plus fautif, celui en qui s'est éteinte la gratitude, ou celui en qui s'est éteinte jusqu'à la mémoire du bien reçu ? Malades, les yeux qui craignent la lumière ; aveugles, ceux qui ne la voient pas ! Si ne pas aimer ses parents est impiété, ne pas les reconnaître est démence ! »

SÉNÈQUE, *Savoir donner*

« Il est très facile de se faire une mauvaise renommée, mais c'est un fardeau lourd à porter, et l'on a peine à s'en débarrasser. La renommée que propage la foule des hommes ne périt jamais entièrement : elle aussi est une divinité. »

HÉSIODE, *Les Travaux et les Jours*

« Le mal que nous faisons ne nous attire pas tant de persécution et de haine que nos bonnes qualités. »

LA ROCHEFOUCAULD, *Maximes*

« Il y a des méchants qui seraient moins dangereux s'ils n'avaient aucune bonté. »

LA ROCHEFOUCAULD, *Maximes*

« Ceux qui, sans nous connaître assez, pensent mal de nous, ne nous font pas de tort : ce n'est pas nous qu'ils attaquent, c'est le fantôme de leur imagination. »

LA BRUYÈRE, *Les Caractères*

« On n'est jamais si bien puni que pour ses vertus. »

NIETZSCHE, *Par-delà bien et mal*

« Celui qui dit du mal s'en fait toujours dire encore davantage. »

GRACIÁN, *L'Homme de cour*

« Il faudrait avoir autant de force et de courage pour être méchant, qu'il en faut, dans ce siècle corrompu, pour être un homme de bien. »

MONTESQUIEU, *Éloge de la sincérité*

« On laisse l'ingénuité aux petits esprits, comme une marque de leur imbécillité. La franchise est regardée comme un vice dans l'éducation. On ne demande point que le cœur soit bien placé ; il suffit qu'on l'ait fait comme les autres. C'est comme dans les portraits, où l'on n'exige autre chose si ce n'est qu'ils soient ressemblants. »

MONTESQUIEU, *Éloge de la sincérité*

« C'est faire trop d'honneur aux hommes que de s'informer de ce qu'ils disent de nous. »

CHRISTINE DE SUÈDE, *Maximes*

« Savoir tirer profit de ses ennemis

Toutes les choses se doivent prendre, non par le tranchant, ce qui blesserait, mais par la poignée, qui est le moyen de se défendre ; à plus forte raison l'envie. Le sage tire plus de profit de ses ennemis que le fou n'en tire de ses amis. Les envieux servent d'aiguillon au sage à surmonter mille difficultés, au lieu que les flatteurs en détournent souvent. (...) Le sage se fait de la haine de ses envieux un miroir où il se voit bien mieux que dans celui de la bienveillance. Ce miroir lui sert à corriger ses défauts, et par conséquent à prévenir la médisance ; car on se tient fort sur ses gardes quand on a des rivaux ou des ennemis pour voisins. »

GRACIÁN, *L'Homme de cour*

« Il y a deux choses qui abrègent la vie : la folie et la méchanceté. »

GRACIÁN, *L'Homme de cour*

« Ce qui explique le mieux comment le malhonnête homme, et quelquefois même le sot, réussissent presque toujours mieux, dans le monde, que l'honnête homme et que l'homme d'esprit à faire leur chemin, c'est que le malhonnête homme et le sot ont moins de peine à se mettre au courant et au ton du monde, qui, en général, n'est que malhonnêteté et sottise ; au lieu que l'honnête homme et l'homme sensé, ne pouvant entrer sitôt en commerce avec le monde, perdent un temps précieux pour la fortune. Les uns sont des marchands qui, sachant la langue du pays, vendent et s'approvisionnent tout de suite, tandis que les autres sont obligés d'apprendre la langue de leurs vendeurs et de leurs chalands. Avant que d'exposer leur marchandise, et d'entrer en traité avec eux, souvent même ils dédaignent d'apprendre cette langue, et alors ils s'en retournent sans étrenner. »

CHAMFORT, *Maximes et pensées*

De la vulgarité

« Tout crime est vulgaire, exactement comme toute vulgarité est un crime. »

OSCAR WILDE, *Aphorismes*

« Il y a beaucoup plus de vivacité que de goût parmi les hommes ; ou pour mieux dire, il y a peu d'hommes dont l'esprit soit accompagné d'un goût sûr et d'une critique judicieuse. »

LA BRUYÈRE, *Les Caractères*

« La moquerie est souvent indigence d'esprit. »

LA BRUYÈRE, *Les Caractères*

« Décline les repas extérieurs et ceux des gens vulgaires. Si l'occasion l'exige, que ton attention vise à ne jamais tomber en des façons vulgaires. Sache, en effet, que, si ton voisin se salit, tu ne peux pas te frotter à lui sans nécessairement te salir, quelque propre que tu sois toi-même. »

ÉPICTÈTE, *Manuel d'Épictète*

De la trahison

« Réchauffe un serpent dans ton sein, il te mordra. »

ÉSOPE, *Fables*

« Qui promet tout ne promet rien, et les promesses sont autant de pas glissants pour les fous. »

GRACIÁN, *L'Homme de cour*

« L'aigle et la renarde

S'étant liés d'amitié, un aigle et une renarde avaient décidé de devenir voisins, afin que l'habitude resserre leurs liens. L'aigle s'éleva donc au sommet d'un grand arbre et y fit sa couvée ; la renarde se glissa dans le buisson au pied de l'arbre pour y mettre bas. Or un jour qu'elle était sortie en quête de pâture, l'aigle dans sa disette fondit sur le buisson et ravit les renardeaux, dont il se régala avec ses aiglons. À son retour, la renarde comprit ce qui s'était produit, et s'affligea non pas tant de la mort de ses petits que de son incapacité à les venger : elle qui vivait sur terre ne pouvait en effet pourchasser un volatile. Aussi dut-elle rester à l'écart et s'en tenir au seul recours des impuissants et des faibles : maudire son ennemi. Cependant l'aigle ne tarda pas à subir le châtiment de son manque de foi. Un jour, à la campagne, au cours du sacrifice d'une chèvre, il emporta de l'autel un viscère encore en feu, qu'il ramena dans son aire. À peine l'avait-il déposé parmi les brindilles qu'un vent violent se leva et fit jaillir d'un vieux fétu une flamme brillante ; les aiglons furent consumés, car ils étaient encore trop jeunes pour voler, et tombèrent sur le sol. La renarde se précipita, et sous les yeux de l'aigle les dévora jusqu'au dernier.

La fable montre que les traîtres à l'amitié échappent peut-être à la vengeance de leurs victimes trop faibles, mais se sauraient se soustraire au châtiment divin. »

ÉSOPE, *Fables*

« L'âne, le renard et le lion

Après avoir conclu un accord, l'âne et le renard étaient sortis chasser. Or un lion croisa leur chemin. Le renard, devant l'imminence du danger, s'approcha du lion et s'engagea, en échange de son immunité, à lui livrer l'âne. Le lion lui promit la liberté ; le renard attira donc l'âne dans un piège où il le fit tomber. Alors le lion, voyant que l'âne ne pouvait lui échapper, s'empara du renard avant de se retourner contre l'âne.

De même, à tramer la perte de ses associés, l'on cause souvent la sienne sans s'en douter. »

ÉSOPE, *Fables*

« L'unique secret de ne pas être trompé, c'est de croire peu et de travailler beaucoup. Encore ne suffit-il pas. »

CHRISTINE DE SUÈDE, *Maximes*

« Quand la fortune abandonne les hommes, tout les quitte. »

CHRISTINE DE SUÈDE, *Maximes*

« Les fourbes ne sauraient se passer des sots. »

CHRISTINE DE SUÈDE, *Maximes*

7

Se garder de la jalousie

La jalousie est comme une épine dans le pied. On la sent toujours où que l'on soit. C'est un poison qui détruit tout sur son passage. Il y a deux sortes de jalousies : celle de l'amoureux suspicieux qui voit le danger partout et soupçonne tout ; et celle de l'envieux qui n'arrive pas à se satisfaire de ce qu'il a et convoite le bien ou le bonheur d'autrui. Dans les deux cas, elle est un sentiment néfaste, qui détruit et abîme toute chose et qui peut même conduire à la folie.

En amour, la jalousie n'est pas une preuve d'amour comme on a tendance à le croire trop souvent. Elle trahit un manque de confiance, en soi et en l'autre que l'on soupçonne de toutes les turpitudes, dès que l'on a le dos tourné. Le prisme de la jalousie déforme tout. À la manière d'un miroir grossissant, l'événement le plus anodin prend une proportion démesurée : un retard est interprété comme une preuve, un sourire adressé à un inconnu comme une trahison, un silence comme un aveu et ainsi de suite. Elle tue l'amour plus qu'elle ne le nourrit. Elle éloigne l'autre et isole celui qui en est la proie.

Dans les rapports sociaux, elle nuit à l'amitié, altère la confiance, elle stérilise tout. Impossible en effet de se réjouir du bonheur d'un ami si on l'envie secrètement, impossible de partager, de fraterniser. La jalousie est l'ennemi de la sérénité, du don de soi, de la générosité. Il faut absolument la dominer, car elle est assurément le plus grand de tous les maux, ainsi que le souligne La Rochefoucauld.

« Il ne faut jalouser personne ; car les hommes de bien ne méritent pas d'être jalousés, et les hommes mauvais, plus leur fortune est bonne, plus ils se corrompent eux-mêmes. »

ÉPICURE, *Sentences vaticanes*

« Que celui donc qui veut être libre, n'ait ni attrait ni répulsion pour rien de ce qui dépend des autres ; sinon, il sera fatalement malheureux. »

ÉPICTÈTE, *Manuel d'Épictète*

« La disgrâce éteint les haines et les jalousies. »

LA BRUYÈRE, *Les Caractères*

« Les hommes désapprouvent toujours ce qu'ils ne sont pas capables de faire. »

CHRISTINE DE SUÈDE, *Maximes*

« Dans la jalousie, il y a plus d'amour-propre que d'amour. »

LA ROCHEFOUCAULD, *Maximes*

« La jalousie est en quelque manière juste et raisonnable, puisqu'elle ne tend qu'à conserver un bien qui nous appartient, ou que nous croyons nous appartenir ; au lieu que l'envie est une fureur qui ne peut souffrir le bien des autres. »

LA ROCHEFOUCAULD, *Maximes*

« La jalousie est le plus grand de tous les maux, et celui qui fait le moins de pitié aux personnes qui le causent. »

LA ROCHEFOUCAULD, *Maximes*

« La jalousie naît toujours avec l'amour, mais ne meurt pas toujours avec lui. »

LA ROCHEFOUCAULD, *Maximes*

« Peu de gens se souviennent d'avoir été jeunes, et combien il leur était difficile d'être chastes et tempérants. La première chose qui arrive aux hommes après avoir renoncé aux plaisirs, ou par bienséance, ou par lassitude, ou par régime, c'est de les condamner dans les autres. Il entre dans cette conduite une sorte d'attachement aux choses mêmes que l'on vient de quitter ; l'on aimerait qu'un lien qui n'est plus pour nous ne fût plus aussi pour le reste du monde : c'est un sentiment de jalousie. »

LA BRUYÈRE, *Les Caractères*

« Quelque désagrément qu'on ait à se trouver chargé d'un indigent, l'on goûte à peine les nouveaux avantages qui le tirent enfin de notre sujétion : de même, la joie que l'on reçoit de l'élévation de son ami est un peu balancée par la petite peine qu'on a de le voir au-dessus de nous ou s'égaler à nous. Aussi l'on s'accorde mal avec soi-même ; car l'on veut des dépendants, et qu'il n'en coûte rien ; l'on veut aussi le bien de ses amis, et, s'il arrive, ce n'est pas toujours par s'en réjouir que l'on commence. »

LA BRUYÈRE, *Les Caractères*

« La jalousie est en quelque manière juste et raisonnable, puisqu'elle ne tend qu'à conserver un bien qui nous appartient, ou que nous croyons nous appartenir ; au lieu que l'envie est une fureur qui ne peut souffrir le bien des autres. »

LA ROCHEFOUCAULD, *Maximes*

« La jalousie se nourrit dans les doutes, et elle devient fureur, ou elle finit, sitôt qu'on passe du doute à la certitude. »

LA ROCHEFOUCAULD, *Maximes*

« Quand on est jeune, souvent on est pauvre : ou l'on n'a pas encore fait d'acquisitions, ou les successions ne sont pas échues. L'on devient riche et vieux en même temps : tant il est rare que les hommes puissent réunir tous leurs avantages ! et si cela arrive à quelques-uns, il n'y a pas de quoi leur porter envie : ils ont assez à perdre par la mort pour mériter d'être plaints. »

LA BRUYÈRE, *Les Caractères*

« L'homme qui dit qu'il n'est pas né heureux pourrait du moins le devenir par le bonheur de ses amis ou de ses proches. L'envie lui ôte cette dernière ressource. »

LA BRUYÈRE, *Les Caractères*

« Tous, nous sommes liés à la Fortune : pour les uns, la chaîne est d'or et souple, pour les autres, étroite et grossière, mais quelle importance ? C'est la même prison qui nous enferme tous et ceux qui tiennent les autres enchaînés le sont eux-mêmes pareillement, à moins que tu n'ailles croire qu'une chaîne est moins lourde à porter du côté gauche. Un tel est tenu par les honneurs, un tel par la richesse ; certains portent le fardeau d'une naissance illustre, d'autres, celui de leur anonymat ; ceux-ci courbent la tête sous la tyrannie d'autrui, ceux-là sous la leur propre ; tel est assigné à résidence par son exil, tel autre, par son sacerdoce. Toute vie est un esclavage. »

SÉNÈQUE, *De la tranquillité de l'âme*

« Le souvenir de la jeunesse est tendre dans les vieillards : ils aiment les lieux où ils l'ont passée ; les personnes qu'ils ont commencé de connaître dans ce temps leur sont chères ; ils affectent quelques mots du premier langage qu'ils ont parlé ; ils tiennent pour l'ancienne manière de chanter, et pour la vieille danse ; ils vantent les modes qui régnaient alors dans les habits, les meubles et les équipages. Ils ne peuvent encore désapprouver des choses qui servaient à leurs passions, qui étaient si utiles à leurs plaisirs, et qui en rappellent la mémoire. Comment pourraient-ils leur préférer de nouveaux usages, et des modes toutes récentes où ils n'ont nulle part, dont ils n'espèrent rien, que les jeunes gens ont faites, et dont ils tirent à leur tour de si grands avantages contre la vieillesse ? »

LA BRUYÈRE, *Les Caractères*

8

Savoir pardonner et oublier

« Savoir oublier

C'est un bonheur plutôt qu'un art. Les choses qu'il vaut mieux oublier sont celles dont on se souvient le mieux. La mémoire n'a pas seulement l'incivilité de manquer au besoin, mais encore l'impertinence de venir souvent à contretemps. Dans tout ce qui doit faire de la peine elle est prodigue ; et dans tout ce qui pourrait donner du plaisir elle est stérile. Quelquefois le remède du mal consiste à l'oublier, et l'on oublie le remède. Il faut donc accoutumer la mémoire à prendre un autre train, puisqu'il dépend d'elle de donner un paradis ou un enfer. »

Gracián, *L'Homme de cour*

« Il faut savoir et punir et pardonner. »

Christine de Suède, *Maximes*

« Les mépris vengent noblement les grands cœurs. »

Christine de Suède, *Maximes*

« Lorsqu'un homme a commis une faute contre toi, considère aussitôt quelle opinion il se fait du bien ou du mal pour avoir commis cette faute. Lorsque tu le sauras, en effet, tu auras pitié de lui, et tu n'éprouveras ni étonnement ni colère. Car, ou bien toi aussi tu te fais encore la même opinion que lui sur le bien, ou une autre analogue, et il faut donc lui pardonner. Mais si tu ne partages plus ses opinions sur le bien et le mal, tu seras plus facilement bienveillant à celui qui les distingue mal. »

Marc Aurèle, *Pensées pour moi-même*

« Il faudra d'abord connaître bien des choses, avant de se prononcer sur une action d'autrui en connaissance de cause. (...) Lorsque tu t'indignes ou que tu t'affliges outre mesure, songe que la vie est de très courte durée et que sous peu nous serons étendus. »

Marc Aurèle, *Pensées pour moi-même*

Renoncer à se venger

« Se venger d'une offense, c'est se mettre au niveau de son ennemi ; la lui pardonner, c'est se mettre au-dessus de lui. »

Proverbe anglais

« Un autre commet-il une faute contre moi ? C'est son affaire. Il a sa disposition propre, son activité propre. Pour moi, j'ai en ce moment ce que la commune nature veut que j'aie à ce moment, et je fais ce que ma nature exige qu'à ce moment je fasse. »

Marc Aurèle, *Pensées pour moi-même*

« Mépriser les injures, c'est s'en venger. »

Christine de Suède, *Maximes*

« Faire une mauvaise action pour se venger, c'est se punir. »

Christine de Suède, *Maximes*

« Quiconque a la conscience assurée de n'avoir pas mérité un reproche peut le dédaigner et le dédaignera. »

SCHOPENHAUER, *Aphorismes sur la sagesse de la vie*

« Le sang ne se lave pas avec du sang, mais avec de l'eau. »

Proverbe turc

« L'eau ne reste pas sur les montagnes, ni la vengeance sur un grand cœur. »

Proverbe chinois

9

Avoir conscience de la fragilité des choses

« Puisque rien ne dure, tout se vaut », disent les Ottomans. Emportés dans le tourbillon quotidien de nos activités, nous avons tendance à remettre à plus tard des choses pourtant importantes : téléphoner à ses parents, écrire une lettre (ou envoyer un fax ou un mail !) à un ami éloigné, ou dire tout simplement à quelqu'un qu'on l'aime. Nous avons toute la vie devant nous, pense-t-on à tort trop souvent. Or la vie est fragile. Tout passe, tout casse. Ceux que nous aimons s'éloignent, meurent et il est trop tard ensuite pour prendre conscience de l'importance qu'ils avaient à nos yeux. Ayons sans cesse en tête la précarité de toute chose. Une des règles de bonheur consiste ainsi à vivre chacune de nos journées comme si c'était la dernière. Et profiter de la vie en connaissance de cause.

« Tout est éphémère, et le fait de se souvenir, et l'objet dont on se souvient. »

MARC AURÈLE, *Pensées pour moi-même*

« Hier soir, j'ai brisé ma coupe contre une pierre...
La tête me tourna d'avoir pu faire une telle chose,

Et la coupe m'a dit dans sa langue mystique :
"J'ai été comme toi, tu seras comme moi un jour." »

KHAYYAM, *Quatrains*

« J'ai vu hier, au bazar, un potier
Qui piétinait avec acharnement de l'argile ;
Et l'argile lui dit, en son mystique langage :
"Jadis, je fus vivante, ainsi que toi ; sois moins brutal." »

KHAYYAM, *Quatrains*

« "Je ne pensais pas que cela arriverait" ; "Aurais-tu jamais cru que cela pût se produire ?" Et pourquoi pas ? Quelle est la richesse que ne talonnent la pauvreté, la faim et la mendicité ? Quelle est la charge honorifique dont la toge prétexte, le bâton augural et les sandales patriciennes ne sont escortés par les humiliations, le blâme censorial, mille affronts et le pire mépris ? Quel est le pouvoir qui ne menace de s'écrouler, de se faire balayer, qui ne soit à la merci d'un nouveau maître, d'un bourreau ? Et il ne faut pas longtemps pour passer d'un extrême à l'autre : une heure suffit à descendre de son trône et à embrasser des genoux ! »

SÉNÈQUE, *De la tranquillité de l'âme*

« Sache donc à l'avenir que toute situation est sujette à revirement et que tout ce qui arrive à quiconque peut t'arriver à toi aussi. »

SÉNÈQUE, *De la tranquillité de l'âme*

« Regarde derrière toi l'infinité de la durée ; et, devant toi, un autre infini. Dans cette immensité, en quoi diffèrent celui qui a vécu trois jours et celui qui a duré trois fois l'âge du Gérénien ? »

MARC AURÈLE, *Pensées pour moi-même*

« Souviens-toi de ceci : dans très peu de temps, toi

et lui, vous serez morts ; et, bientôt après, rien, même pas votre nom, ne restera. »

MARC AURÈLE, *Pensées pour moi-même*

« Combien de temps encore serons-nous les esclaves des problèmes quotidiens ?
Qu'importe que nous vivions un an ou un jour, en ce monde ?
Verse une coupe de vin avant
Que nous soyons des pots dans l'atelier du potier. »

KHAYYAM, *Quatrains*

« Rappelle-toi depuis combien de temps tu remets à plus tard et combien de fois, ayant reçu des Dieux des occasions de t'acquitter, tu ne les as pas mises à profit. Mais il faut enfin, dès maintenant, que tu sentes de quel monde tu fais partie, et de quel être, régisseur du monde, tu es une émanation, et qu'un temps limité te circonscrit. Si tu n'en profites pas pour accéder à la sérénité, ce moment passera ; tu passeras aussi, et jamais plus il ne reviendra. »

MARC AURÈLE, *Pensées pour moi-même*

« Par la rue de "Plus tard", on arrive à la place de "Jamais". »

Proverbe espagnol

« N'agis point comme si tu devais vivre des milliers d'années. L'inévitable est sur toi suspendu. Tant que tu vis, tant que cela t'est possible, deviens homme de bien. »

MARC AURÈLE, *Pensées pour moi-même*

« Comme tout s'évanouit promptement : les corps eux-mêmes dans le monde, et leur souvenir dans la durée ! »

MARC AURÈLE, *Pensées pour moi-même*

« En quelques dispositions il faut être, de corps et

d'âme, lorsque la mort te surprendra. Songe à la brièveté de la vie, au gouffre du temps qui est devant et derrière toi, à la fragilité de toute matière. »

MARC AURÈLE, *Pensées pour moi-même*

« La plupart des hommes qui vivent dans le monde y vivent si étourdiment, pensent si peu, qu'ils ne connaissent pas ce monde qu'ils ont toujours sous les yeux. »

CHAMFORT, *Maximes et pensées*

Cinquième partie

Les alliés de la sérénité

Nos comportements dans la vie de tous les jours déterminent pour une large part notre aptitude à être heureux, si l'on admet une bonne fois pour toutes que le bonheur est en nous, comme nous l'enseignent les philosophes. Il faut donc savoir accepter que les événements ne prennent pas toujours la tournure que l'on souhaite, nous dit Épictète. Mais aussi à s'aimer et à être doux soi-même, à rechercher le calme et la solitude, « l'élément des grands esprits », rappelle Christine de Suède. Il faut encore se maîtriser, fuir la colère, rester simple, ne pas s'agiter à tort et à travers, garder sa bonne humeur et sa capacité d'émerveillement. Mais aussi ne pas tomber dans le cynisme et la dérision. Enfin, il faut jouir pleinement de l'instant présent qui est notre seule vraie possession. « Chaque jour séparément est une vie séparée », rappelle Sénèque.

C'est un peu tout cela à la fois, la sérénité. Découvrez au fil de ces pages tout ce qui vous aidera à devenir un peu plus serein.

De l'acceptation

« En toutes choses, il faut faire ce qui dépend de soi, et du reste être ferme et tranquille. Je suis obligé de m'embarquer ; que dois-je donc faire ? Bien choisir le vaisseau, le pilote, les matelots, la saison, le jour, le vent, voilà tout ce qui dépend de moi. Dès que je suis en pleine mer, il survient une grosse tempête ; ce n'est plus là mon affaire, c'est l'affaire du pilote. Le vaisseau coule à fond ; que dois-je faire ? Je fais ce qui dépend de moi, je ne criaille point, je ne me tourmente point. Je sais que tout ce qui est né doit mourir, c'est la loi générale ; il faut donc que je meure. Je ne suis pas l'éternité ; je suis un homme, une partie du tout, comme une heure est une partie du jour. Une heure vient et elle passe ; je viens et je passe aussi : la manière de passer est indifférente ; que ce soit par la fièvre ou par l'eau, tout est égal. »

ÉPICTÈTE, *Entretiens*

De l'abnégation

« Plus on se dépouille de ces choses et d'autres semblables, plus on supporte d'en être dépouillé, et plus on est homme de bien. »

MARC AURÈLE, *Pensées pour moi-même*

« Souviens-toi que tu dois te comporter comme dans un festin. Le plat qui circule arrive-t-il à toi ? Tends la main et prends modérément. Passe-t-il loin de toi ? Ne le cherche pas. Tarde-t-il à venir ? Ne jette pas de loin sur lui ton désir, mais patiente jusqu'à ce qu'il arrive à toi. Sois ainsi pour tes enfants, ainsi pour ta femme, ainsi pour les charges publiques, ainsi pour la richesse, et tu seras un jour digne d'être le convive des Dieux. Mais si tu ne prends rien de ce que l'on te sert, si tu le considères avec indifférence, tu seras alors non seulement le convive des Dieux, mais tu deviendras aussi leur collègue. C'est en faisant ainsi que Diogène, Héraclite et leurs semblables ont mérité d'être justement appelés ce qu'ils étaient : des êtres divins. »

ÉPICTÈTE, *Manuel d'Épictète*

« Tu veux vaincre aux Jeux Olympiques ? Et moi aussi, par les Dieux ! car c'est un noble triomphe. Mais examine les antécédents et les conséquents de ce projet, et alors seulement entreprends-le. Il faut te discipliner, régler ta nourriture, t'abstenir de friandise, faire des exercices forcés et réglés selon l'heure, la chaleur, le froid, ne pas boire d'eau froide ni de vin à tout hasard ; bref, il faut te livrer à ton entraîneur comme à un médecin. Ensuite, dans l'arène, il faut creuser la terre, quelquefois se démettre une main, se tordre la cheville, avaler force poussière, parfois aussi être fouetté, et, après tout cela, être vaincu. »

ÉPICTÈTE, *Manuel d'Épictète*

« Quand une idée de plaisir se présente à ton esprit, garde-toi, comme pour les autres idées, de te laisser par elle emporter. Mais diffère d'agir et obtiens de toi quelque délai. Compare ensuite les deux moments : celui où tu jouiras du plaisir, et celui où, ayant joui, tu te repentiras et tu te blâmeras. Oppose à ces pensées la joie que tu éprouveras. Et, si les circonstances exigent que tu agisses, prends garde à ne pas te laisser vaincre par ce que la chose offre de doux, d'agréable et d'attrayant. Mais récompense-toi en pensant combien il est préférable d'avoir conscience que tu as remporté cette victoire. »

ÉPICTÈTE, *Manuel d'Épictète*

« Le rossignol et l'épervier

Un rossignol perché sur un chêne élevé chantait comme à son ordinaire. Un épervier l'aperçut ; n'ayant rien à manger, il fondit sur lui et s'en empara. Se voyant en danger de mort, sa victime lui demanda de la relâcher, alléguant qu'elle ne suffirait pas à remplir à elle seule un ventre d'épervier : il lui fallait, s'il manquait de nourriture, s'en prendre à de plus gros oiseaux. "Mais je serais fou", répondit l'épervier, "de lâcher la pâture que je tiens dans mes serres pour chasser celle que je ne vois pas encore." De même chez les hommes : il est déraisonnable, dans l'espoir de plus grands biens, de laisser filer entre ses doigts ce que l'on tient. »

ÉSOPE, *Fables*

« Le paysan et ses enfants

Un paysan allait mourir. Désireux de transmettre à ses fils quelque expérience du travail de la terre, il les assembla pour leur dire : "Mes enfants, dans une de mes vignes est enfoui un trésor." Après sa mort, ses enfants, prenant leurs coutres et leurs hoyaux, retournèrent le sol de toute la propriété. De trésor, ils n'en trouvèrent point, mais la vigne, dans sa terre ameublie, leur donna une vendange sans précédent.

C'est ainsi qu'ils comprirent que l'effort est le trésor des hommes. »

Ésope, *Fables*

« À la vue de biens que nous ne possédons pas, nous disons très volontiers : "Ah ! si cela m'appartenait !" et c'est cette pensée qui nous rend la privation sensible. Au lieu de cela, nous devrions plus souvent nous demander : "Comment serait-ce si cela ne m'appartenait pas ?" J'entends par là que nous devrions parfois nous efforcer de nous représenter les biens que nous possédons comme ils nous apparaîtraient après les avoir perdus ; et je parle ici des biens de toute espèce : richesse, santé, amis, maîtresse, épouse, enfant, cheval et chien ; car ce n'est le plus souvent que la perte des choses qui nous en enseigne la valeur. Au contraire, la méthode que nous recommandons ici aura pour premier résultat de faire que leur possession nous rendra immédiatement plus heureux qu'auparavant, et en second lieu elle fera que nous nous précautionnerons par tous les moyens contre leur perte : ainsi nous ne risquerons pas notre avoir, nous n'irriterons pas nos amis, nous n'exposerons pas à la tentation la fidélité de notre femme, nous surveillerons la santé de nos enfants, et ainsi de suite. Nous cherchons souvent à égayer la teinte morne du présent par des spéculations sur des possibilités de chance favorables, et nous imaginons toute sorte d'espérances chimériques dont chacune est grosse de déceptions ; aussi, celles-ci ne manquent pas d'arriver dès que celles-là sont venues se briser contre la dure réalité. Il vaudrait mieux choisir les mauvaises chances pour thèmes de nos spéculations ; cela nous porterait à prendre des dispositions à l'effet de les écarter et nous procurerait parfois d'agréables surprises quand ces éventualités ne se réaliseraient pas. N'est-on pas bien plus gai au sortir de quelque transe ? Il est même salutaire de nous représenter à l'esprit certains grands malheurs qui peuvent éventuellement venir nous frapper ; cela nous aide à supporter plus facilement des maux moins graves lorsqu'ils viennent effectivement nous accabler, car nous nous consolons alors par un retour de pensée sur ces malheurs considérables qui ne se sont pas réalisés. »

SCHOPENHAUER, *Aphorismes sur la sagesse de la vie*

S'aimer soi-même

« S'aimer soi-même est le début d'une vie de passion amoureuse. »

OSCAR WILDE, *Aphorismes*

« Deviens ami de toi-même, et tu pourras vivre tout seul. »

GRACIÁN, *L'Homme de cour*

« Estime-toi, si tu veux que l'on t'estime. Sois plutôt avare que prodigue de toi. Fais-toi désirer, et tu seras bien reçu. Ne viens jamais que l'on ne t'appelle, et ne va jamais que l'on ne t'envoie. »

GRACIÁN, *L'Homme de cour*

« Juge-toi digne, dès maintenant, de vivre en homme fait et mûr pour progresser. Que tout ce qui te paraît le meilleur soit pour toi une loi intransgressible. »

ÉPICTÈTE, *Manuel d'Épictète*

« Juge-toi digne de toute parole et de toute action conformes à la nature. Ne te laisse détourner, ni par la critique des uns, ni par les propos qui peuvent en résulter. Mais, s'il est bien d'agir ou de parler, ne t'en juge pas indigne. Les autres ont leur principe particulier de direction et ont affaire à leur instinct particulier. Quant à toi, ne t'en inquiète pas ; mais poursuis droit ton chemin, en te laissant conduire par ta propre nature et par la nature universelle : toutes deux suivent une unique voie. »

MARC AURÈLE, *Pensées pour moi-même*

« N'aimer uniquement que ce qui t'arrive et ce qui constitue la trame de ta vie. Est-il rien, en effet, qui te convienne mieux ? »

MARC AURÈLE, *Pensées pour moi-même*

« Maintes fois, je me suis étonné de ce que chaque homme, tout en s'aimant de préférence à tous, fasse pourtant moins de cas de son opinion sur lui-même que de celle que les autres ont de lui. Et c'est à ce point que si un Dieu venait à ses côtés, ou que si un sage précepteur lui ordonnait de ne rien penser, et de ne rien concevoir en lui-même sans aussitôt à haute voix l'exprimer, il ne pourrait pas, même un seul jour, s'y résigner. Ainsi, nous appréhendons davantage l'opinion de nos voisins sur nous-mêmes que la nôtre propre. »

MARC AURÈLE, *Pensées pour moi-même*

« Et le propre de l'âme raisonnable, c'est aussi l'amour de son prochain, la vérité, la pudeur, l'obligation où elle est de s'estimer de préférence à tout, ce qui est aussi le propre de la loi. »

MARC AURÈLE, *Pensées pour moi-même*

« (Les Stoïciens) prétendent qu'à partir du moment où un animal est né (...) il est ordonné à lui-même et qu'il a une tendance à se conserver, à aimer sa nature et tout ce qui est capable de la conserver, mais qu'il s'écarte de la destruction et de tout ce qui pourrait concourir à sa destruction. Et ils le prouvent ainsi : avant d'avoir goûté au plaisir ou à la douleur, les petits recherchent ce qui leur est utile et fuient ce qui leur est nuisible ; il n'en serait pas ainsi s'ils ne s'attachaient pas à leur nature et s'ils n'en craignaient pas la destruction.

D'autre part il ne pourrait pas se faire qu'ils eussent un désir quelconque s'ils n'avaient aucune conscience d'eux-mêmes et par là aucun amour d'eux-mêmes. D'où l'on doit conclure que l'amour de soi-même a été le premier principe. »

CICÉRON, *De finibus*

« La meilleure philosophie, relativement au monde, est d'allier, à son égard, le sarcasme de la gaieté avec l'indulgence du mépris. »

CHAMFORT, *Maximes et pensées*

« La nature ne m'a point dit : "Ne sois point pauvre" ; encore moins : "Sois riche" ; mais elle me crie : "Sois indépendant." »

CHAMFORT, *Maximes et pensées*

« Nous aimons en fin de compte nos désirs, et non ce que nous désirons. »

NIETZSCHE, *Par-delà bien et mal*

« Il y a, d'une façon générale, peu de gens qui aient foi en eux-mêmes ; encore certains apportent-ils cette foi de naissance comme un aveuglement nécessaire ou comme un obscurcissement partiel de l'esprit (quel spectacle apercevraient-ils s'ils pouvaient regarder au fond d'eux !) ; les autres doivent l'acquérir ; tout ce qu'ils font de bien, de solide, de grand est avant tout un argument contre le sceptique qui habite en eux : il s'agit de convaincre ou de persuader ce sceptique, ce qui réclame presque du génie. Ce sont les grands mécontents d'eux-mêmes. »

NIETZSCHE, *Le Gai Savoir*

« Il importe de se prouver à soi-même qu'on est destiné à l'indépendance et au commandement, et cela au bon moment. On ne doit pas éluder l'obligation de faire ses preuves, bien qu'il n'y ait peut-être pas de jeu plus périlleux et qu'en définitive il s'agisse seulement de preuves dont nous sommes nous-mêmes les témoins et les seuls juges. Ne s'attacher à aucune personne, fût-ce la plus aimée – toute personne est une prison, et aussi un refuge. Ne s'attacher à aucune patrie, fût-elle la plus souffrante et la plus démunie – il est déjà moins difficile de détacher son cœur d'une patrie victorieuse. Ne s'attacher à aucune compassion, s'adressât-elle à des hommes supérieurs dont un hasard nous révéla le rare martyre et l'abandon. Ne s'attacher à aucune science, nous attirât-elle par la promesse des découvertes les plus précieuses, des découvertes qu'elle semble nous réserver. Ne pas s'attacher à son propre détachement, à cette volupté du lointain qui est celle de l'oiseau volant toujours plus haut pour voir l'espace s'élargir sous ses ailes, – c'est le péril de celui qui vole. Ne pas s'attacher à ses vertus et ne pas sacrifier son être total à une particularité quelconque, par exemple à son goût de l'"hospitalité", péril par excellence des âmes nobles et riches qui sont prodigues et comme insoucieuses d'elles-mêmes et portent jusqu'au vice la vertu de la générosité. On doit savoir se garder ; c'est la plus forte preuve d'indépendance. »

NIETZSCHE, *Par-delà bien et mal*

« Il faut être tel que l'on n'ait pas de quoi rougir devant soi-même. Il ne faut point d'autre règle de ses actions que sa propre conscience. L'homme de bien est plus redevable à sa propre sévérité qu'à tous les préceptes. Il s'abstient de faire ce qui est indécent, par la crainte qu'il a de blesser sa propre modestie, plutôt que pour la rigueur de l'autorité des supérieurs. Quand on se craint soi-même, l'on n'a que faire du pédagogue imaginaire de Sénèque. »

GRACIÀN, *L'Homme de cour*

« Savoir s'épargner du chagrin

C'est une science très utile ; c'est comme la sage-femme de tout bonheur de la vie. Mauvaises nouvelles ne valent rien, ni à donner, ni à recevoir ; il ne faut ouvrir la porte qu'à celles du remède. Il y a des gens qui n'emploient leurs oreilles qu'à ouïr des flatteries ; d'autres qui se plaisent à écouter de faux rapports ; et quelques-uns qui ne sauraient vivre un seul jour sans quelque ennui, non plus que Mithridate sans poison. C'est encore un grand abus de vouloir bien se chagriner toute sa vie pour donner une fois du plaisir à un autre, quelque étroite liaison qu'on ait avec lui. Il ne faut jamais pécher contre soi-même pour complaire à celui qui conseille et se tient à l'écart. C'est donc une leçon d'usage et de justice que, toutes les fois que tu auras à choisir de faire plaisir à autrui, ou déplaisir à toi-même, tu feras mieux de laisser autrui mécontent que de le devenir toi-même et sans remède. »

GRACIÁN, *L'Homme de cour*

« D'être mécontent de soi-même, c'est faiblesse ; d'en être content, c'est folie. »

GRACIÁN, *L'Homme de cour*

« Nous devons prendre soin de nous-mêmes et nous accorder de temps à autre un repos qui nous tienne lieu de nourriture et de réconfort. Nous devons aussi nous promener sans but et à l'air libre afin que la vue du ciel et le grand air nous donnent un coup de fouet salutaire ; de temps en temps, une promenade en litière, un voyage, un dépaysement nous donneront des forces, ou encore un repas plus arrosé que de coutume. N'hésitons pas, de temps à autre, à nous enivrer, non pour nous noyer dans le vin mais pour y trouver un peu de répit : l'ivresse balaie nos soucis, nous secoue profondément et soigne notre morosité comme elle soigne certaines maladies. On n'a pas appelé l'inventeur du vin Liber parce qu'il délie la langue mais parce qu'il délivre notre âme des soucis qui l'asservissent, la soutient, la vivifie et lui redonne du courage pour toutes ses entreprises. »

SÉNÈQUE, *De la tranquillité de l'âme*

« Quelque bien qu'on nous dise de nous, on ne nous apprend rien de nouveau. »

LA ROCHEFOUCAULD, *Maximes*

« Les violences qu'on nous fait nous font souvent moins de peine que celles que nous nous faisons à nous-mêmes. »

LA ROCHEFOUCAULD, *Maximes*

« On anéantit son propre caractère dans la crainte d'attirer les regards et les attentions, et on se précipite dans la nullité pour échapper au danger d'être peint. »

CHAMFORT, *Maximes et pensées*

Du calme

« L'idéal du calme est dans un chat assis », notait Jules Renard dans son Journal. Le calme est l'allié de la sérénité. Il est le propre de ceux qui vivent en accord avec eux-mêmes. Nul n'est besoin d'évoluer dans le bruit et le fracas pour se sentir exister. Il faut être seul pour s'apaiser et se retrouver, c'est pourquoi nous ne devrions jamais fuir la solitude et le calme qui l'accompagne.

« La modération des personnes heureuses vient du calme que la bonne fortune donne à leur humeur. »

LA ROCHEFOUCAULD, *Maximes*

« La vie juste est la plus dépourvue de trouble, la vie injuste est remplie par le plus grand trouble. »

EPICURE, *Sentences vaticanes*

« Qui est sans trouble ne peut être perturbé ni par lui-même, ni par un autre. »

ÉPICURE, *Sentences vaticanes*

« Le calme ou l'agitation de notre humeur ne dépend pas tant de ce qui nous arrive de plus considérable dans la vie, que d'un arrangement commode ou désagréable de petites choses qui nous arrivent tous les jours. »

LA ROCHEFOUCAULD, *Maximes*

« Comme c'est le caractère des grands esprits de faire entendre en peu de paroles beaucoup de choses, les petits esprits au contraire ont le don de beaucoup parler, et de ne rien dire. »

LA ROCHEFOUCAULD, *Maximes*

« Il faut se dégager soi-même de la prison des affaires quotidiennes et publiques. »

ÉPICURE, *Sentences vaticanes*

« Si tu le peux, ramène par tes paroles les entretiens de ceux avec qui tu vis sur des sujets convenables. Mais si tu te trouves isolé au milieu d'étrangers, tais-toi. »

ÉPICTÈTE, *Manuel d'Épictète*

« Qu'il est aisé de repousser et d'abandonner toute pensée déplaisante ou impropre, et d'être aussitôt dans un calme parfait. »

MARC AURÈLE, *Pensées pour moi-même*

« On se cherche des retraites à la campagne, sur les plages, dans les montagnes. Et toi-même, tu as coutume de désirer ardemment ces lieux d'isolement. Mais tout cela est de la plus vulgaire opinion, puisque tu peux, à l'heure que tu veux, te retirer en toi-même. Nulle part, en effet, l'homme ne trouve de plus tranquille et de plus calme retraite que dans son âme, surtout s'il possède, en son for intérieur, ces notions sur lesquelles il suffit de se pencher pour acquérir aussitôt une quiétude absolue, et par quiétude, je n'entends rien autre qu'un ordre parfait. »

MARC AURÈLE, *Pensées pour moi-même*

« Il faut avoir ces trois pensées toujours présentes à l'esprit.

En ce qui concerne tes actions, qu'elles ne soient point exécutées au hasard, ni autrement que ne les eût accomplies la justice elle-même. Quant aux événements extérieurs, pense qu'ils sont dus, soit au hasard, soit à la Providence, et qu'il ne faut ni blâmer le hasard ni accuser la Providence.

Deuxièmement : songe à ce que devient chaque homme depuis la conception jusqu'à l'animation, et depuis ce moment jusqu'à ce qu'il ait rendu l'âme. De quels éléments se compose-t-il ? En quels éléments se résoudra-t-il ?

Troisièmement : suppose que, subitement élevé dans les airs, de là-haut tu contemples les choses humaines et leur mobilité, comme tu les mépriserais en voyant en même temps l'immense étendue où demeurent les habitants de l'air et des régions éthérées ! Et, chaque fois que tu t'élèverais, tu reverrais les mêmes choses, leur uniformité, leur courte durée. Est-ce là un sujet d'orgueil ? »

MARC AURÈLE, *Pensées pour moi-même*

« Toute vie doit être à penser, pour ne se point égarer. »

GRACIÁN, *L'Homme de cour*

« Nous cherchons donc comment permettre à l'âme de suivre un cours toujours égal et favorable, d'être bienveillante envers elle-même, de contempler joyeusement ce qui lui est propre, de ne pas interrompre ce plaisir et de conserver sa sérénité sans jamais s'exalter ni se décourager. Ce sera cela, la tranquillité. Cherchons comment y parvenir, sans entrer dans les cas particuliers : cette médication vaudra pour tous, tu n'en retiendras que ce que tu voudras. »

SÉNÈQUE, *De la tranquillité de l'âme*

« Essayons de ne pas nous laisser happer dans ce tourbillon qui entraîne une foule de gens tour à tour chez les particuliers, dans les théâtres et sur les forums : ils s'offrent à régler les affaires d'autrui, donnant l'impression d'être sans arrêt sur la brèche. Que l'on demande à l'un d'eux, quand il sort de chez lui : “Où vas-tu ? Quels sont tes projets ?”, et il répondra : “Par Hercule ! je n'en sais rien, mais je verrai des gens, je trouverai bien quelque chose à faire.” »

SÉNÈQUE, *De la tranquillité de l'âme*

« Nous devons aussi nous replier fréquemment en nous-mêmes car la société de gens différents de nous perturbe notre équilibre, avive nos passions et met en lumière tout ce qui, en nous, est fragile ou incomplètement guéri. Cela dit, nous devons combiner par alternance solitude et vie en société. La solitude nous fera regretter la compagnie des hommes et la société, notre propre compagnie ; l'une servira de remède à l'autre et réciproquement : notre horreur de la foule trouvera sa guérison dans la solitude et notre dégoût de la solitude, dans la foule. »

SÉNÈQUE, *De la tranquillité de l'âme*

« Je ne t'invite pas à un repos stérile et apathique, ni à noyer dans le sommeil et les plaisirs chers à la plus grande masse des gens ce qu'il y a en toi de vitalité naturelle ; ce n'est pas cela, se reposer : tu découvriras, plus vastes que toutes celles auxquelles tu as pu consacrer ton énergie, des tâches que tu pourras accomplir dans l'isolement et la tranquillité. »

SÉNÈQUE, *Sur la brièveté de la vie*

« Qui voudra vivre l'âme tranquille, doit éviter d'exercer beaucoup d'activités privées ou publiques. »

DÉMOCRITE

« Les hommes commencent toujours par l'amour, finissent par l'ambition, et ne se trouvent souvent dans une assiette plus tranquille que lorsqu'ils meurent. »

LA BRUYÈRE, *Les Caractères*

« On est plus heureux dans la solitude que dans le monde. Cela ne viendrait-il pas de ce que dans la solitude on pense aux choses, et que dans le monde on est forcé de penser aux hommes ? »

CHAMFORT, *Maximes et pensées*

« Le repos est un charme qui nous récompense de tous les plaisirs et de toutes les grandeurs. C'est cette précieuse paix qui triomphe de tout, et que le monde ne saurait nous donner. »

CHRISTINE DE SUÈDE, *Maximes*

« La solitude est l'élément des grands esprits. »

CHRISTINE DE SUÈDE, *Maximes*

« L'homme intelligent aspirera avant tout à fuir toute douleur, toute tracasserie et à trouver le repos et les loisirs ; il recherchera donc une vie tranquille, modeste, abritée autant que possible contre les importuns ; après avoir entretenu pendant quelque temps des relations avec ce que l'on appelle les hommes, il préférera une existence retirée, et, si c'est un esprit tout à fait supérieur, il choisira la solitude. Car plus un homme possède en lui-même, moins il a besoin du monde extérieur et moins les autres peuvent lui être utiles. Aussi la supériorité de l'intelligence conduit-elle à l'insociabilité. Ah ! si la quantité de la société pouvait être remplacée par la qualité, cela vaudrait alors la peine de vivre même dans le grand monde : mais, hélas ! cent fous mis en un tas ne font pas encore un homme raisonnable. »

SCHOPENHAUER, *Aphorismes sur la sagesse de la vie*

« L'influence toute bienfaisante d'une vie retirée sur notre tranquillité d'âme provient en grande partie de ce qu'elle nous soustrait à l'obligation de vivre constamment sous les regards des autres et, par suite, nous enlève à la préoccupation incessante de leur opinion possible : ce qui a pour effet de nous rendre à nous-mêmes. »

SCHOPENHAUER, *Aphorismes sur la sagesse de la vie*

« Aussi la paix du cœur véritable et profonde et la parfaite tranquillité de l'esprit, ces biens suprêmes sur terre après la santé, ne se trouvent que dans la solitude et, pour être permanents, que dans la retraite absolue. Quand alors le moi est grand et riche, on goûte la condition la plus heureuse qui soit à trouver en ce pauvre bas monde. Oui, disons-le ouvertement : quelque étroitement que l'amitié, l'amour et le mariage unissent les humains, on ne veut, entièrement et de bonne foi, de bien qu'à soi seul, ou tout au plus encore à son enfant. Moins on aura besoin, par suite de conditions objectives ou subjectives, de se mettre en contact avec les hommes, mieux on s'en trouvera. La solitude, le désert permettent d'embrasser d'un seul regard tous ses maux, sinon de les éprouver d'un seul coup ; la société, au contraire, est *insidieuse* ; elle cache des maux immenses, souvent irréparables, derrière une apparence de passe-temps, de causeries, d'amusements de société et autres semblables. Une étude importante pour les hommes serait d'apprendre de bonne heure à supporter la solitude, cette source de félicité et de tranquillité intellectuelle. »

SCHOPENHAUER, *Aphorismes sur la sagesse de la vie*

De l'utilité de garder son calme

« S'irriter en effet contre quelque événement que ce soit, est se développer en dehors de la nature, en qui sont contenues, en tant que parties, les natures de chacun et tout le reste des êtres. L'âme se fait ensuite injuste, lorsqu'elle conçoit pour un homme de l'aversion ou que, pour lui nuire, contre lui elle se dresse, telle que les âmes des hommes en colère. »

MARC AURÈLE, *Pensées pour moi-même*

« Combien les colères et les chagrins que nous éprouvons sont plus pénibles que les choses mêmes à propos desquelles nous nous mettons en colère et nous nous indignons ! »

MARC AURÈLE, *Pensées pour moi-même*

« Montrer de la colère ou de la haine dans ses paroles ou dans ses traits est inutile, est dangereux, imprudent, ridicule, vulgaire. On ne doit donc témoigner de colère ou de haine que par des actes. La seconde manière réussira d'autant plus sûrement qu'on se sera mieux gardé de la première. Les animaux à sang froid sont les seuls venimeux. »

SCHOPENHAUER, *Aphorismes sur la sagesse de la vie*

« De toute façon, l'homme qui reste calme dans les revers, prouve qu'il sait combien les maux possibles dans la vie sont immenses et multiples, et qu'il ne considère le malheur qui survient en ce moment que comme une petite partie de ce qui pourrait arriver : c'est là le sentiment stoïque, qui porte à ne jamais être "oublieux de la condition humaine", mais à se rappeler sans cesse la triste et déplorable destinée générale de l'existence humaine, ainsi que le nombre infini de souffrances auxquelles elle est exposée. »

SCHOPENHAUER, *Aphorismes sur la sagesse de la vie*

« La raison principale pour laquelle un événement malheureux est moins lourd à porter quand nous l'avons considéré à l'avance comme possible et que nous en avons pris notre parti, comme on dit, cette raison doit être la suivante : lorsque nous pensons avec calme à un malheur avant qu'il se produise, comme à une simple possibilité, nous en apercevons l'étendue clairement et de tous les côtés, et nous en avons alors la notion comme de quelque chose de fini et de facile à embrasser d'un regard ; par suite, lorsqu'il arrive effectivement, il ne peut pas agir avec plus de poids qu'il n'en a en réalité. »

SCHOPENHAUER, *Aphorismes sur la sagesse de la vie*

« Si assuré et ferme que tu sois, ne cause de peine à personne ;
Que personne n'ait à subir le poids de ta colère.
Si le désir est en toi de la paix éternelle,
Souffre seul, sans que l'on puisse, ô victime, te traiter de bourreau. »

KHAYYAM, *Quatrains*

« Savoir endurer un moment de colère, c'est s'épargner un siècle de regrets. »

Proverbe chinois

De la confiance

« Celui qui a confié son secret à un autre s'est fait son esclave. »

GRACIÁN, *L'Homme de cour*

« Comment prétendons-nous qu'un autre garde notre secret si nous ne pouvons le garder nous-mêmes ? »

LA ROCHEFOUCAULD, *Maximes*

« Il n'y a guère qu'une naissance honnête, ou qu'une bonne éducation, qui rendent les hommes capables de secret. »

LA BRUYÈRE, *Les Caractères*

« Toute confiance est dangereuse si elle n'est entière : il y a peu de conjonctures où il ne faille tout dire ou tout cacher. On a déjà trop dit de son secret à celui à qui l'on croit devoir en dérober une circonstance. »

LA BRUYÈRE, *Les Caractères*

« Tu n'as pas aujourd'hui de pouvoir sur demain ;
L'anxiété du lendemain est inutile.
Si ton cœur n'est pas insensé, ne te soucie même pas du présent ;

Sais-tu ce que vaudront les jours qu'il te reste à vivre ? »

KHAYYAM, *Quatrains*

« Pour toi donc, dis-je, choisis simplement et librement ce que tu vois de meilleur et persiste en ce choix. Le meilleur, c'est l'utile. »

MARC AURÈLE, *Pensées pour moi-même*

« Bien que la sincérité et la confiance aient du rapport, elles sont néanmoins différentes en plusieurs choses : la sincérité est une ouverture de cœur, qui nous montre tels que nous sommes ; c'est un amour de la vérité, une répugnance à se déguiser, un désir de se dédommager de ses défauts, et de les diminuer même par le mérite de les avouer. La confiance ne nous laisse pas tant de liberté, ses règles sont plus étroites, elle demande plus de prudence et de retenue, et nous ne sommes pas toujours libres d'en disposer : il ne s'agit pas de nous uniquement, et nos intérêts sont mêlés d'ordinaire avec les intérêts des autres. Elle a besoin d'une grande justesse pour ne livrer pas nos amis en nous livrant nous-mêmes, et pour ne faire pas des présents de leur bien dans la vue d'augmenter le prix de ce que nous donnons.

La confiance plaît toujours à celui qui la reçoit : c'est un tribut que nous payons à son mérite ; c'est un dépôt que l'on commet à sa foi ; ce sont des gages qui lui donnent un droit sur nous, et une sorte de dépendance où nous nous assujettissons volontairement. »

LA ROCHEFOUCAULD, *Maximes*

De la connaissance de soi

Nous sommes souvent notre pire ennemi. Il est donc important de se connaître pour progresser, ne serait-ce que pour ne pas reproduire nos erreurs. En effet, c'est faire acte de prudence et de lucidité que d'avoir le courage de regarder qui nous sommes, avec nos défauts et nos qualités. Lorsqu'on a appris à se connaître, on maîtrise ses capacités, on ne se trompe pas sur soi-même, et l'on peut se dompter soi-même.

« Qui se craint lui-même n'a plus rien à craindre. »

Proverbe chinois

« Il faut se connaître soi-même. Quand cela ne servirait pas à trouver le vrai, cela au moins sert à régler sa vie, et il n'y a rien de plus juste. »

PASCAL, *Pensées*

« C'est une leçon de prudence de réfléchir sur soi-même, de connaître son propre penchant, et de le prévenir, et d'aller même à l'autre extrémité pour trouver l'équilibre de la raison entre la nature et l'art. La connaissance de soi-même est le commencement de l'amendement. »

GRACIÁN, *L'Homme de cour*

« Connaître son fort

Cette connaissance sert à cultiver ce que l'on a d'excellent, et à perfectionner ce que l'on a de commun. Bien des gens fussent devenus de grands personnages, s'ils eussent connu leur vrai talent. Connaissez donc le vôtre, et joignez-y l'application. Dans les uns, le jugement l'emporte, et, dans les autres, le courage. La plupart font violence à leur génie, d'où il arrive qu'ils n'excellent jamais en rien. L'on quitte fort tard ce que la passion a fait épouser de bonne heure. »

GRACIÁN, *L'Homme de cour*

« Connaître son défaut dominant

Chacun en a un, qui fait un contrepoids à sa perfection dominante ; et si l'inclination le seconde, il domine en tyran. Que l'on commence donc à lui faire la guerre en la lui déclarant ; et que ce soit par un manifeste. Car s'il est connu, il sera vaincu ; et particulièrement si celui qui l'a le juge aussi grand qu'il paraît aux autres. Pour être maître de soi, il est besoin de réfléchir sur soi. »

GRACIÁN, *L'Homme de cour*

« L'homme qui ne sait pas trouver le chemin de *son* idéal mène une vie plus frivole et plus insolente que l'homme sans idéal. »

NIETZSCHE, *Par-delà bien et mal*

« Cette montagne fait tout le charme et tout le caractère de la contrée qu'elle domine : nous étant dit cela pour la centième fois nous devenons assez fous et assez reconnaissants pour croire que, conférant ce charme, elle doit être elle-même ce qu'il y a de plus charmant dans ce pays ; nous y montons et nous sommes déçus. Soudain l'enchantement disparaît de ses pentes, du paysage qui nous entoure et de celui qui s'étend à nos pieds ; nous avions oublié que maintes grandeurs demandent, comme maintes bontés, à être vues à une certaine distance, et d'en bas, détail capital, jamais d'en haut ; (...) ce n'est qu'ainsi qu'elles font de l'effet. Peut-être connais-tu des gens de ton entourage qui ne peuvent se regarder eux-mêmes qu'à une certaine distance pour se trouver supportables, séduisants et toniques ; la connaissance de soi est une chose à leur déconseiller. »

NIETZSCHE, *Le Gai Savoir*

« Les hommes ne sont jamais trompés que par eux-mêmes. »

CHRISTINE DE SUÈDE, *Maximes*

« Pour savoir la moindre chose sur soi-même, il faut tout savoir sur les autres. »

OSCAR WILDE, *Aphorismes*

« Car ce ne sont pas les banquets et les fêtes ininterrompus, ni les jouissances que l'on trouve avec des garçons et des femmes, pas plus que les poissons et toutes les autres nourritures que porte une table profuse, qui engendrent la vie de plaisir, mais le raisonnement sobre qui recherche les causes de tout choix et de tout refus, et repousse les opinions par lesquelles le plus grand tumulte se saisit des âmes. »

ÉPICURE, *Lettre à Ménécée*

« Tout ce qui t'est prescrit, sois-y fidèle comme à des lois que tu ne peux, sans impiété, transgresser. Quoi qu'on dise de toi, n'y fais pas attention, car cela ne dépend plus de toi. »

ÉPICTÈTE, *Manuel d'Épictète*

« Toutes les sources extérieures du bonheur et du plaisir sont, de par leur nature, éminemment incertaines, équivoques, fugitives, aléatoires, partant sujettes à s'épuiser facilement même dans les circonstances les plus favorables, et c'est même inévitable, attendu que nous ne pouvons pas les avoir toujours sous la main. Bien plus, avec l'âge, presque toutes tarissent fatalement ; car alors amour, badinage, plaisirs des voyages et de l'équitation, aptitude à figurer dans le monde, tout cela nous abandonne ; la mort nous enlève jusqu'aux amis et parents. C'est à ce moment, plus que jamais, qu'il est important de savoir ce qu'on a par soi-même. Cela seul, en effet, résistera le plus longtemps. Cependant, à tout âge, sans distinction, cela est et demeure la source vraie et la seule permanente du bonheur. »

SCHOPENHAUER, *Aphorismes sur la sagesse de la vie*

« Le manœuvre qui aide à élever un édifice, n'en connaît pas le plan d'ensemble, ou ne l'a pas toujours sous les yeux ; telle est aussi la position de l'homme, pendant qu'il est occupé à dévider un à un les jours et les heures de son existence, par rapport à l'ensemble de sa vie et au caractère total de celle-ci. Plus le caractère est digne, considérable, significatif et individuel, plus il est nécessaire et bienfaisant pour l'individu de jeter de temps en temps un regard sur le plan réduit de sa vie. Il est vrai que pour cela il lui faut avoir fait déjà un premier pas dans le "connais-toi toi-même" : il doit donc savoir ce qu'il veut réellement, principalement et avant tout ; il doit connaître ce qui est essentiel à son bonheur, et ce qui ne vient qu'en seconde, puis en troisième ligne ; il faut qu'il se rende compte, en gros, de sa vocation, de son rôle et de ses rapports avec le monde. Si tout cela est important et élevé, alors l'aspect du plan réduit de sa vie le fortifiera, le soutiendra, l'élèvera plus que toute autre chose ; cet examen l'encouragera au travail et le détournera des sentiers qui pourraient l'égarer. »

SCHOPENHAUER, *Aphorismes sur la sagesse de la vie*

« Nos paroles reflètent fidèlement l'état de notre âme. »

SAINT FRANÇOIS DE SALES

« La plupart des hommes, pour arriver à leurs fins, sont plus capables d'un grand effort que d'une longue persévérance : leur paresse ou leur inconstance leur fait perdre le fruit des meilleurs commencements ; ils se laissent souvent devancer par d'autres qui sont partis après eux, et qui marchent lentement, mais constamment. »

LA BRUYÈRE, *Les Caractères*

« Le renard et les raisins

Un renard affamé aperçut des grappes qui pendaient d'une vigne grimpante et voulut les cueillir, mais n'y parvint pas. Il s'éloigna donc en murmurant à part soi : "Ils sont trop verts."

De même certains hommes, quand leur propre faiblesse les empêche d'arriver à leurs fins, s'en prennent aux circonstances. »

ÉSOPE, *Fables*

« L'enfant voleur et sa mère

Au retour de l'école, un enfant remit à sa mère la tablette de son camarade, qu'il avait dérobée. Comme celle-ci, loin de le gronder, le félicitait, il vola ensuite un manteau et le lui apporta. Sa mère ne l'en loua que davantage. L'enfant grandit ; devenu un jeune homme, il passa à des rapines plus conséquentes. Un jour, cependant, il fut pris en flagrant délit ; ses mains liées dans le dos, on le mena au bourreau. Sa mère l'escortait en se frappant la poitrine. Il dit alors qu'il voulait lui murmurer quelque chose à l'oreille. À peine se fut-elle approchée qu'il lui saisit le lobe entre les dents et le mordit sauvagement. Elle lui reprocha son impiété : comme si ses crimes passés ne lui suffisaient pas, il lui fallait encore mutiler sa mère ! "Le jour", lui rétorqua-t-il, "où je t'ai apporté la tablette, mon premier larcin, si tu m'avais grondé, je ne me verrais pas au point où j'en suis, conduit à la mort."

La fable montre qu'un vice qu'on ne corrige pas d'emblée ne fait que s'empirer. »

Ésope, *Fables*

« L'homme croit souvent se conduire lorsqu'il est conduit ; et pendant que par son esprit il tend à un but, son cœur l'entraîne insensiblement à un autre. »

La Rochefoucauld, *Maximes*

« Ceux qui s'appliquent trop aux petites choses deviennent ordinairement incapables des grandes. »

La Rochefoucauld, *Maximes*

De la conscience

« La conscience est le meilleur livre du monde. C'est celui que l'on doit consulter le plus souvent. »

Pascal, *Pensées*

« On peut laver sa robe, mais pas sa conscience. »

Proverbe persan

« Chacun doit agir selon ce qu'il est, et non point selon ce que sont les autres. »

GRACIÁN, *L'Homme de cour*

« Plusieurs cassent leur miroir, à cause qu'il leur montre leur laideur. »

GRACIÁN, *L'Homme de cour*

« Que dit ta conscience ? "Tu dois devenir l'homme que tu es." »

NIETZSCHE, *Le Gai Savoir*

« Les conséquences de nos actes nous saisissent aux cheveux, sans se soucier de savoir si nous nous sommes "corrigés" entre-temps. »

NIETZSCHE, *Par-delà bien et mal*

« L'homme n'est jamais moins lui-même que quand il parle pour son propre compte. Fournissez-lui un masque et il vous dira la vérité. »

OSCAR WILDE, *Aphorismes*

« On sort toujours de l'ambiguïté à son détriment. »

FRANÇOIS MITTERRAND

« On peut tromper tous les hommes, mais on ne peut se tromper soi-même. »

CHRISTINE DE SUÈDE, *Maximes*

« Prends garde à ne pas te perdre toi-même en étreignant des ombres. »

ÉSOPE, *Fables*

« Nous sommes si accoutumés à nous déguiser aux autres qu'enfin nous nous déguisons à nous-mêmes. »

LA ROCHEFOUCAULD, *Maximes*

« Une juste appréciation de la valeur de ce que l'on est en soi-même et par soi-même, comparé à ce qu'on est seulement aux yeux d'autrui, contribuera beaucoup à notre bonheur. »

SCHOPENHAUER, *Aphorismes sur la sagesse de la vie*

« Les mêmes défauts qui dans les autres sont lourds et insupportables sont chez nous comme dans leur centre ; ils ne pèsent plus, on ne les sent pas. Tel parle d'un autre et en fait un portrait affreux, qui ne voit pas qu'il se peint lui-même.

Rien ne nous corrigerait plus promptement de nos défauts que si nous étions capables de les avouer et de les reconnaître dans les autres : c'est dans cette juste distance que, nous paraissant tels qu'ils sont, ils se feraient haïr autant qu'ils le méritent. »

LA BRUYÈRE, *Les Caractères*

« À chaque événement, aie devant les yeux ceux à qui les mêmes choses sont arrivées ; pense ensuite à ceux qui s'en affligeaient, s'en étonnaient, s'en plaignaient. Où sont-ils maintenant ? Nulle part. Eh quoi ? Veux-tu, toi-même aussi, faire comme eux ? Ces attitudes étrangères, ne veux-tu pas les laisser à ceux qui les prennent et qui sont pris par elles, et t'employer tout entier à savoir te servir de ces événements ? Propose-toi seulement et aie la volonté d'être un homme de bien en tout ce que tu fais. Et souviens-toi de ces deux maximes : que n'importe pas l'occasion de l'action... »

MARC AURÈLE, *Pensées pour moi-même*

« Les plaies de la conscience ne se cicatrisent pas. »

Proverbe latin

Du courage

On a tous prononcé un jour des phrases du type, « je n'y arriverai jamais », « je ne saurai jamais faire ça », « je n'ai plus de force », « je n'ai pas envie »... On a tous été tentés de reculer devant un obstacle qui nous paraissait insurmontable, une tâche en apparence trop ardue, pas dans nos cordes... « Une montagne si haute soit-elle craint un homme lent », note un proverbe chinois. Autant dire que rien n'est impossible à celui qui s'en donne la peine et qui s'arme de courage. Alors, cessons de nous limiter nous-mêmes par manque de confiance et par manque de courage. Le courage peut nous permettre de décupler nos forces, de dépasser nos limites et de réaliser ce que nous pensions ne jamais pouvoir faire. Il faut apprendre à se vaincre soi-même pour accomplir de grandes choses et prendre sa vie en main.

« Si tu avances, tu meurs. Si tu recules, tu meurs. Alors pourquoi reculer ? »

Proverbe chinois

« Le courage croît en osant et la peur en hésitant. »

Proverbe latin

« Tout comme ceux qui te font obstacle sur le chemin où tu marches selon la droite raison ne sauraient te détourner de sainement agir, qu'ils ne puissent, de même, te détourner d'être envers eux bienveillant ! Mais tiens-toi sur tes gardes pour observer également ces deux choses : non seulement un jugement et une conduite inébranlables, mais aussi une inébranlable douceur envers ceux qui tenteraient de te faire obstacle ou de te causer d'autres ennuis. Ce serait faiblesse que de t'indigner contre eux, tout comme de renoncer à l'action et de céder à la crainte. Tous deux sont également déserteurs, et celui qui tremble et celui qui se rend étranger à ceux dont la nature fit nos parents et nos amis. »

MARC AURÈLE, *Pensées pour moi-même*

« Quiconque a fait une grande action en sa vie, ne doit pas s'en satisfaire. Il doit la compter pour rien, et tâcher de se surpasser toujours. On doit être toujours mal satisfait de soi-même, quelque contents que les autres paraissent de nous. »

CHRISTINE DE SUÈDE, *Maximes*

« L'âne et la mule

Un âne et une mule allaient de conserve. Constatant que leurs fardeaux étaient égaux, l'âne indigné se plaignait de ce que la mule, jugée digne d'une double ration, ne fût pas pour autant plus chargée que lui. Mais lorsqu'ils eurent abattu un peu de chemin, l'ânier, constatant que l'âne n'en pouvait plus, le soulagea d'une part de son fardeau pour en charger la mule ; et un peu plus loin, le voyant plus épuisé encore, il le déchargea d'une autre partie, pour enfin prendre le tout, en débarrasser l'âne et le mettre sur la mule. Alors celle-ci, jetant un coup d'œil vers son compagnon : "Eh bien, toi", dit-elle, "ne trouves-tu pas que je la mérite, ma double ration ?"

Nous aussi, nous ne devons pas juger des dispositions de chacun par le début, mais par la fin. »

ÉSOPE, *Fables*

« Ce qui est facile se doit entreprendre comme s'il était difficile, et ce qui est difficile comme s'il était facile. »

GRACIÁN, *L'Homme de cour*

« Comment réussirait une entreprise que la crainte condamne dès que l'esprit l'a conçue ? »

GRACIÁN, *L'Homme de cour*

« Il faut que les choses coûtent pour être estimées. »

GRACIÁN, *L'Homme de cour*

« Le courage est, après la prudence, une condition essentielle à notre bonheur. Certes, on ne peut se donner ni l'une ni l'autre de ces qualités ; on hérite la première de son père et la seconde de sa mère ; cependant, par une résolution bien prise et par de l'exercice, on parvient à augmenter la part qu'on en possède. Dans le monde où le sort est d'airain, il faut avoir un caractère d'airain, cuirassé contre la destinée et armé contre les hommes. Car toute cette vie n'est qu'un combat ; chaque pas nous est disputé, et Voltaire dit avec raison : "On ne réussit dans ce monde qu'à la pointe de l'épée, et on meurt les armes à la main." Aussi est-ce d'une âme lâche, dès que les nuages s'amoncellent ou se montrent seulement à l'horizon, de se laisser abattre, de perdre courage et de gémir. »

SCHOPENHAUER, *Aphorismes sur la sagesse de la vie*

« Si vous ne voulez pas combattre, il vous est loisible de fuir. »

SÉNÈQUE, *La Providence*

« Fuyez les excès de volupté, fuyez les jouissances de la mollesse qui engourdissent l'âme en la faisant sombrer dans la torpeur d'une saoulerie permanente d'où rien ne vient la rappeler à la perception de la destinée humaine ! Vois-tu cet homme que des vitres protègent des courants d'air, aux pieds maintenus chauds par l'application de cataplasmes sans cesse renouvelés, dont les salles à manger sont équipées de circuits d'air chaud dans les murs ou sous les planchers ? La plus légère brise lui sera fatale. »

SÉNÈQUE, *La Providence*

« Sans adversité, le courage s'amoindrit. Il n'éclate dans toute sa puissance, dans toute sa valeur, que lorsque les événements le sollicitent. Sois-en persuadé : l'homme de bien doit suivre cet exemple. Il ne doit craindre ni la souffrance ni la peine. Il ne doit pas se plaindre de la destinée et, quoi qu'il advienne, il en prendra son parti et tournera toute aventure à son avantage. Ce qui compte, ce n'est pas ce qu'on endure, c'est la manière de l'endurer. »

SÉNÈQUE, *La Providence*

« Nous n'avons pas assez de force pour suivre toute notre raison. »

LA ROCHEFOUCAULD, *Maximes*

« Si l'on prenait autant de soin d'être un homme d'honneur que l'on prend à le paraître, on le deviendrait. »

CHRISTINE DE SUÈDE, *Maximes*

« On vieillit plus par la fainéantise que par l'âge. »

CHRISTINE DE SUÈDE, *Maximes*

« Nous aurions souvent honte de nos plus belles actions si le monde voyait tous les motifs qui les produisent. »

LA ROCHEFOUCAULD, *Maximes*

« Signes de la noblesse morale : ne jamais songer à rabaisser ses devoirs pour en faire les devoirs de tout le monde, ne pas abdiquer sa responsabilité propre, ne pas vouloir la partager, compter ses privilèges et l'exercice de ses privilèges au nombre de ses devoirs. »

NIETZSCHE, *Par-delà bien et mal*

Ne pas être cynique ou savoir s'émerveiller

« Plus heureux sont ceux qui, entre mille défauts, découvrent d'abord une perfection qui s'y trouve par hasard. »

GRACIÁN, *L'Homme de cour*

« Le plaisir de la critique nous ôte celui d'être vivement touchés de très belles choses. »

LA BRUYÈRE, *Les Caractères*

« Il apparaît de temps en temps sur la surface de la terre des hommes rares, exquis, qui brillent par leur vertu, et dont les qualités éminentes jettent un éclat prodigieux. Semblables à ces étoiles extraordinaires dont on ignore les causes, et dont on sait encore moins ce qu'elles deviennent après avoir disparu, ils n'ont ni aïeuls, ni descendants : ils composent seuls toute leur race. »

La Bruyère, *Les Caractères*

« Les passions sont le sel de la vie, qui est insipide sans elles. »

Christine de Suède, *Maximes*

« On est toujours apprenti dans la science de la vie. »

Christine de Suède, *Maximes*

« On ne devrait s'étonner que de pouvoir encore s'étonner. »

La Rochefoucauld, *Maximes*

« Regarde au fond des choses. Que la qualité particulière et la valeur d'aucune ne passent inaperçues pour toi. »

Marc Aurèle, *Pensées pour moi-même*

De la gaieté

Les caractères gais ont ceci de fascinant qu'ils trouvent toujours, y compris dans l'adversité, des raisons de se réjouir. C'est un vrai talent de savoir être enjoué en toutes circonstances. Prendre le parti d'en rire est encore la meilleure attitude à adopter pour venir à bout des contrariétés. Cela dénote une force de caractère et une vitalité peu communes. La faculté d'être gai donne un relief inattendu aux problèmes : ils s'aplanissent d'eux-mêmes. Et puis, le rire comme la gaieté étant le propre de l'homme, usons et abusons de ces formidables « déstressants ». On le sait tous : une journée sans rire est une journée perdue.

« Il faut rire avant que d'être heureux, de peur de mourir sans avoir ri. »

LA BRUYÈRE, *Les Caractères*

« La plus perdue de toutes les journées est celle où l'on n'a pas ri. »

CHAMFORT, *Maximes et pensées*

« Il faut donc tout relativiser et ne rien dramatiser : il est plus conforme à la nature humaine de rire de la vie que d'en pleurer. »

SÉNÈQUE, *De la tranquillité de l'âme*

« Sans compter qu'on rend un meilleur service au genre humain en riant de lui qu'en se lamentant sur lui : dans le premier cas, on laisse espérer une amélioration alors que dans le deuxième, on déplore stupidement ce qu'on désespère de pouvoir amender ; pour qui prend du recul, on montre plus de force d'âme à ne pas retenir son rire qu'à ne pas retenir ses pleurs car on ne provoque alors qu'une très légère émotion et, grâce à un tel travail sur soi-même, rien ne paraît important, sérieux ni même déplorable. »

SÉNÈQUE, *De la tranquillité de l'âme*

« À se laisser tourmenter par les maux d'autrui, on se rend éternellement malheureux ; à s'en amuser, on s'adonne à un plaisir inhumain. »

SÉNÈQUE, *De la tranquillité de l'âme*

« Ce n'est pas assez que la substance, il faut aussi la circonstance. Une mauvaise manière gâte tout, elle défigure même la justice et la raison. Au contraire, une belle manière supplée à tout, elle dore le refus, elle adoucit ce qu'il y a d'aigre dans la vérité ; elle ôte les rides à la vieillesse. Le comment fait beaucoup en toutes choses. Une manière dégagée enchante les esprits, et fait tout l'ornement de la vie. »

GRACIÁN, *L'Homme de cour*

« Elle est heureuse, car le soleil brille, la pluie tombe, l'arc-en-ciel étend ses couleurs, et les oiseaux chantent pour elle. Son sommeil est profond et doux, ses jeux gais et vifs, son pain délicieux ! Elle ne sait pas le secret d'être mécontente de ce qu'elle possède. »

Anonyme anglais

« La gaieté, cette forme suprême d'insolence et de liberté. »

Anonyme

« Spinoza dit qu'il ne se peut pas que l'homme n'ait pas de passions, mais que le sage forme en son âme une telle étendue de pensées heureuses que ses passions sont toutes petites à côté. Sans le suivre en ses chemins difficiles, on peut pourtant, à son image, se faire un grand volume de bonheurs voulus, comme musique, peinture, conversations, qui feront, par comparaison, toutes petites nos mélancolies. »

ALAIN, *Propos sur le bonheur*

« Un homme de talent et de réputation, s'il est chagrin et austère, il effarouche les jeunes gens, les fait penser mal de la vertu, et la leur rend suspecte d'une trop grande réforme et d'une pratique trop ennuyeuse. S'il est au contraire d'un bon commerce, il leur est une leçon utile ; il leur apprend qu'on peut vivre gaiement et laborieusement, avoir des vues sérieuses sans renoncer aux plaisirs honnêtes ; il leur devient un exemple qu'on peut suivre. »

LA BRUYÈRE, *Les Caractères*

« Mais ce qui, par-dessus tout, contribue le plus directement à notre bonheur, c'est une humeur enjouée, car cette bonne qualité trouve tout de suite sa récompense en elle-même. En effet, celui qui est gai a toujours motif de l'être par cela même qu'il l'est. Rien ne peut remplacer aussi complètement tous les autres biens que cette qualité, pendant qu'elle-même ne peut être remplacée par rien. Qu'un homme soit jeune, beau, riche et considéré ; pour pouvoir juger de son bonheur, la question sera de savoir si, en outre, il est gai ; en revanche, est-il gai, alors peu importe qu'il soit jeune ou vieux, bien fait ou bossu, pauvre ou riche ; il est heureux. Dans ma première jeunesse, j'ai lu un jour dans un vieux livre la phrase suivante : *Qui rit beaucoup est heureux et qui pleure beaucoup est malheureux* ; la remarque est bien niaise ; mais, à cause de sa vérité si simple, je n'ai pu l'oublier, quoiqu'elle soit le superlatif d'un truisme. Aussi devons-nous, toutes les fois qu'elle se présente, ouvrir à la gaieté portes et fenêtres, car elle n'arrive jamais à contretemps, au lieu d'hésiter, comme nous le faisons souvent, à l'admettre, voulant nous rendre compte d'abord si nous avons bien, à tous égards, sujet d'être contents, ou encore de peur qu'elle ne nous dérange de méditations sérieuses ou de graves préoccupations ; et cependant il est bien incertain que celles-ci puissent améliorer notre condition, tandis que la gaieté est un bénéfice immédiat. Elle seule est, pour ainsi dire, l'argent comptant du bonheur ; tout le reste n'en est que le billet de banque ; car seule elle nous donne le bonheur dans un présent immédiat. »

SCHOPENHAUER, *Aphorismes sur la sagesse de la vie*

« Les caractères sombres et inquiets auront, à la vérité, à supporter dans l'ensemble plus de malheurs et de souffrances imaginaires, mais, en revanche, moins de malheurs réels que les caractères gais et insouciants, car celui qui voit tout en noir, qui appréhende toujours et qui, par suite, prend ses mesures en conséquence, n'aura pas des mécomptes aussi fréquents que celui qui prête à toutes choses des couleurs et des perspectives riantes. »

SCHOPENHAUER, *Aphorismes sur la sagesse de la vie*

« Ainsi, pourrait-on dire, les oiseaux partagent avec l'homme le privilège de rire, que la nature refuse aux autres animaux ; raison pour laquelle certains pensent que l'homme, qui est défini comme un animal intelligent ou raisonnable, pourrait tout aussi bien être qualifié d'animal rieur, étant donné que le rire ne le caractérise pas moins en propre que la raison. Certes, c'est merveille qu'au fond de l'homme, de toutes les créatures la plus misérable et la plus tourmentée, réside la faculté de rire, étrangère à tout autre animal. Merveilleux aussi, l'usage que nous faisons de cette faculté, puisque, jetés dans la plus cruelle infortune, accablés de chagrin, écœurés de la vie, convaincus de l'inanité des biens humains, à peu près inaccessibles à la joie et privés de tout espoir, nous n'en sommes pas moins capables de rire. Bien mieux : moins ils ignorent la vanité de ces biens, et la misère de la vie, moins ils sont aptes à espérer et à jouir, et plus ces êtres singuliers se montrent susceptibles de rire. Rire dont il est à peine possible de définir et d'élucider la nature, ses ressorts profonds et ses modes, surtout pour ce qui touche à l'âme, à moins de dire qu'il est une espèce de folie qui ne dure pas, ou même d'égarement et de délire. Car les hommes, que rien ne peut réellement charmer et satisfaire, ne peuvent jamais avoir un motif pertinent et sensé de rire. Il serait même curieux de chercher pourquoi et en quelle occasion l'homme a vraisemblablement usé et pris conscience pour la première fois de ce pouvoir. »

LEOPARDI, *Éloge des oiseaux*

« Si les oiseaux se montrent et sont effectivement plus joyeux que les autres animaux, ce n'est pas sans raison. En vérité, comme je l'ai indiqué d'emblée, ils sont, par nature, mieux disposés au plaisir et au bonheur. D'abord, ils semblent ignorer l'ennui ; ils changent de lieu à tout instant, passant d'un pays à un autre, insoucieux des distances, s'élevant d'un trait, avec une aisance stupéfiante, depuis le niveau du sol jusqu'aux régions les plus hautes de l'air. Ils ressentent au cours de l'existence une infinité d'impressions différentes ;

ils se dépensent physiquement sans compter et débordent, pour ainsi dire, de vie extérieure. »

LEOPARDI, *Éloge des oiseaux*

« Ne te dépense pas tant en tristesse insensée, mais sois en fête.

Donne, dans le chemin de l'injustice, l'exemple de la justice.

Puisque la fin de ce monde est le néant,
Suppose que tu n'existes pas, et sois libre. »

KHAYYAM, *Quatrains*

De la générosité et de la bienveillance

« La bienveillance facilite tout, supplée à tout, elle ne suppose pas toujours qu'il y ait de la sagesse, de la discrétion, de la bonté, et de la capacité : mais elle en donne : elle ne voit jamais les défauts, parce qu'elle fuit de les voir. »

GRACIÁN, *L'Homme de cour*

« La générosité a toujours eu le dessus. »

GRACIÁN, *L'Homme de cour*

« Les arbres qui ne portent point de fruits et qui n'ont point de feuilles d'ordinaire n'ont point de cœur. »

GRACIÁN, *L'Homme de cour*

« Agis sans mauvais gré, sans mépris de l'intérêt commun, sans irréflexion, sans tirer par côté. Qu'aucune recherche ne pare ta pensée. Parle peu, et ne t'intègre point dans de multiples affaires. (...) C'est ainsi qu'on acquiert la sérénité, l'art de se passer de l'assistance d'autrui, l'art de se passer de la tranquillité que les autres procurent. Il faut donc être droit, et non pas redressé. »

MARC AURÈLE, *Pensées pour moi-même*

« Creuse au-dedans de toi. Au-dedans de toi est la source du bien, et une source qui peut toujours jaillir, si tu creuses toujours. »

MARC AURÈLE, *Pensées pour moi-même*

« La bienveillance est invincible, si elle est sincère, sans grimacerie et sans hypocrisie. Que pourra te faire, en effet, le plus violent des hommes si tu persistes à rester pour lui bienveillant, et si, à l'occasion, tu l'exhortes à la douceur, et, au moment même où il essaie de te faire du mal, tu entreprends tranquillement de lui faire changer d'avis : "Non, mon enfant. Nous sommes nés pour autre chose. Ce n'est pas à moi que tu feras du mal, c'est à toi-même que tu en feras, mon enfant." Et montre-lui adroitement d'un point de vue général, qu'il en est ainsi, et que ni les abeilles, ni aucun des animaux nés pour vivre en troupeaux, n'agissent comme lui. Il faut lui donner cette leçon sans ironie, sans acrimonie, mais affectueusement et sans rancune au fond de l'âme, et non comme un maître à l'école, ni pour te faire admirer d'un témoin ; mais adresse-toi à lui seul, même s'il y a des gens qui soient autour. »

MARC AURÈLE, *Pensées pour moi-même*

« L'on est plus sociable et d'un meilleur commerce par le cœur que par l'esprit. »

LA BRUYÈRE, *Les Caractères*

« Il n'y a guère au monde un plus bel excès que celui de la reconnaissance. »

LA BRUYÈRE, *Les Caractères*

« Rien n'est plus rare que la véritable bonté ; ceux mêmes qui croient en avoir n'ont d'ordinaire que de la complaisance ou de la faiblesse. »

LA ROCHEFOUCAULD, *Maximes*

De la bonne humeur

Et si nous cessions de passer nos journées à râler et à grimacer ? Certes, la vie n'est pas toujours drôle, et rester d'humeur enjouée lorsqu'on doit prendre le métro le matin, aller travailler, gérer des fins de mois difficiles, c'est plus facile à dire qu'à faire ! Pourtant, nous l'avons tous remarqué, dès que nous sommes d'humeur joviale, l'existence nous paraît plus belle et plus simple. Cet effort que l'on fait sur soi-même pour être d'un commerce plus agréable a des retombées sur nous et sur ceux qui nous entourent : par une sorte de mimétisme, les autres sont plus aimables, plus souriants, plus détendus lorsqu'on s'adresse à eux. Et pour cause : « une belle humeur est l'aimant des cœurs », nous rappelle Gracián.

« Au petit jour, lorsqu'il t'en coûte de t'éveiller, aie cette pensée à ta disposition : c'est pour faire œuvre d'homme que je m'éveille. Serai-je donc encore de méchante humeur, si je vais faire ce pour quoi je suis né, et ce en vue de quoi j'ai été mis au monde ? Ou bien ai-je été formé pour rester couché et me tenir au chaud sous mes couvertures ? »

MARC AURÈLE, *Pensées pour moi-même*

« Être maître de soi et ne se laisser entraîner par rien ; la bonne humeur en toutes circonstances, même dans les maladies ; l'heureux mélange, dans le caractère, de douceur et de gravité, l'accomplissement sans difficultés de toutes les tâches... »

MARC AURÈLE, *Pensées pour moi-même*

« L'humeur joviale

C'est une perfection plutôt qu'un défaut, quand il n'y a point d'excès. Un grain de plaisanterie assaisonne tout. Les plus grands hommes jouent d'enjouement comme les autres, pour se concilier la bienveillance universelle ; mais avec cette différence qu'ils gardent toujours la préférence à la sagesse, et le respect à la bienséance. D'autres se tirent d'affaire par un trait de belle humeur ; car il y a des choses qu'il faut prendre en riant, et quelquefois celles même qu'un autre prend tout de bon. Une belle humeur est l'aimant des cœurs. »

GRACIÁN, *L'Homme de cour*

« Le caprice de notre humeur est encore plus bizarre que celui de la fortune. »

LA ROCHEFOUCAULD, *Maximes*

« Il y a des lieux que l'on admire ; il y en a d'autres qui touchent, et où l'on aimerait à vivre.

Il me semble que l'on dépend des lieux pour l'esprit, l'humeur, la passion, le goût et les sentiments. »

LA BRUYÈRE, *Les Caractères*

« La meilleure manière de réduire à néant les efforts des impertinents qui n'ont d'esprit qu'aux dépens d'autrui, c'est de les prévenir en commençant par se moquer de soi-même. On ne prête jamais à rire quand on rit de soi le premier. »

SÉNÈQUE, *La Constance du sage*

« Un bon caractère, modéré et doux, pourra être content dans l'indigence, pendant que toutes les richesses ne sauraient satisfaire un caractère avide, envieux et méchant. Quant à l'homme doué en permanence d'une individualité extraordinaire, intellectuellement supérieure, celui-là alors peut se passer de la plupart de ces jouissances auxquelles le monde aspire généralement ; bien plus, elles ne seront pour lui qu'un dérangement et un fardeau. »

SCHOPENHAUER, *Aphorismes sur la sagesse de la vie*

« L'impatience d'un homme et son humeur viennent quelquefois de ce qu'il est resté trop longtemps debout ; ne raisonnez point contre son humeur, mais offrez-lui un siège. »

ALAIN, *Propos sur le bonheur*

« Un sourire nous semble peu de chose et sans effet sur l'humeur ; aussi ne l'essayons-nous point. Mais la politesse souvent, en nous tirant un sourire et la grâce d'un salut, nous change tout. »

ALAIN, *Propos sur le bonheur*

De la modestie et de la modération

« La modestie est au mérite ce que les ombres sont aux figures dans un tableau : elle lui donne de la force et du relief. »

LA BRUYÈRE, *Les Caractères*

« Un honnête homme se paye par ses mains de l'application qu'il a à son devoir par le plaisir qu'il sent à le faire, et se désintéresse sur les éloges, l'estime et la reconnaissance qui lui manquent quelquefois. »

LA BRUYÈRE, *Les Caractères*

« Si tu prends un rôle au-dessus de tes forces, non seulement tu y fais pauvre figure, mais celui que tu aurais pu remplir, tu le laisses de côté. »

ÉPICTÈTE, *Manuel d'Épictète*

« Dans les conversations, évite de rappeler souvent et sans mesure tes actions et les dangers courus. S'il t'est agréable, en effet, de te rappeler les dangers que tu as traversés, il n'est pas également agréable à autrui de t'entendre dire ce qui t'est survenu. »

ÉPICTÈTE, *Manuel d'Épictète*

« La femme et la poule

Une veuve avait une poule qui pondait un œuf par jour. Elle se dit que si elle lui donnait plus de grains, sa poule pondrait deux fois par jour ; aussi accrut-elle sa ration. Mais la poule devenue grasse ne put même plus pondre son œuf quotidien.

La fable fait voir qu'à convoiter plus que ce que l'on a, l'on perd même ce que l'on possède. »

ÉSOPE, *Fables*

« La tortue et le lièvre

Une tortue et un lièvre se disputaient le prix de vitesse. Ils convinrent donc d'une date et d'un lieu, puis se séparèrent. Or le lièvre, qui comptait sur sa rapidité naturelle, ne se soucia pas de la course, mais se coucha au bord de la route pour une sieste ; quant à la tortue, consciente de sa lenteur, elle fit la course d'une traite et dépassa le lièvre endormi, remportant ainsi la victoire et le prix.

La fable montre que souvent l'effort triomphe d'un naturel doué mais négligent. »

ÉSOPE, *Fables*

« Un sage a compris toute la sagesse en ce précepte : "rien de trop". Une justice trop exacte dégénère en injustice. L'orange qui est trop pressurée donne un jus amer. Dans la jouissance même, il ne faut jamais aller à une des extrémités. L'esprit même s'épuise à force de se raffiner. À vouloir tirer trop de lait, on fait venir le sang. »

GRACIÁN, *L'Homme de cour*

« J'ai vu, dans le monde, qu'on sacrifiait sans cesse l'estime des honnêtes gens à la considération, et le repos à la célébrité. »

CHAMFORT, *Maximes et pensées*

« La modération est une crainte de tomber dans l'envie et dans le mépris que méritent ceux qui s'enivrent de leur bonheur ; c'est une vaine ostentation de la force de notre esprit ; et enfin la modération des hommes dans leur plus haute élévation est un désir de paraître plus grands que leur fortune. »

LA ROCHEFOUCAULD, *Maximes*

« Celui qui croit pouvoir trouver en soi-même de quoi se passer de tout le monde se trompe fort ; mais celui qui croit qu'on ne peut se passer de lui se trompe encore davantage. »

LA ROCHEFOUCAULD, *Maximes*

Du plaisir

Les plaisirs ne sont pas le bonheur. Mais leur juxtaposition crée des petits bonheurs successifs qui finissent par ressembler à un grand bonheur. Il est donc urgent d'apprendre à se faire plaisir.
« N'a de plaisir qui ne s'en donne. » Pour être heureux donc, il est nécessaire de savoir penser à soi. Il faut, ainsi que l'écrivait Paul Valéry, « se préférer ».

« Il n'est pas possible de vivre avec plaisir sans vivre de façon prudente, bonne et juste. »

ÉPICURE, *Sentences vaticanes*

« Nul plaisir n'est un mal en soi ; mais les causes productrices de certains plaisirs apportent de surcroît des perturbations bien plus nombreuses que les plaisirs. »

ÉPICURE, *Maximes capitales*

« La plus grande perfection de l'âme est d'être capable de plaisir. »

VAUVENARGUES, *Réflexions et maximes*

« La brièveté de la jouissance est quelquefois récompensée par la qualité du plaisir. »

GRACIÁN, *L'Homme de cour*

« Telles que sont le plus souvent tes pensées, telle sera ton intelligence, car l'âme se colore par l'effet des pensées. Colore-la donc par une attention continue à des pensées comme celle-ci : là où il est possible de vivre, il est aussi là possible de bien vivre. »

MARC AURÈLE, *Pensées pour moi-même*

« Il y a de certains biens que l'on désire avec emportement, et dont l'idée seule nous enlève et nous transporte : s'il nous arrive de les obtenir, on les sent plus tranquillement qu'on ne l'eût pensé, on en jouit moins que l'on n'aspire encore à de plus grands. »

LA BRUYÈRE, *Les Caractères*

« La liberté n'est pas oisiveté ; c'est un usage libre du temps, c'est le choix du travail et de l'exercice. Être libre en un mot n'est pas ne rien faire, c'est être seul arbitre de ce qu'on fait ou de ce qu'on ne fait point. Quel bien en ce sens que la liberté ! »

LA BRUYÈRE, *Les Caractères*

« Le plaisir est la seule chose pour laquelle il vaut la peine de vivre. Rien ne vieillit autant que le bonheur. »

OSCAR WILDE, *Aphorismes*

« La vie se joue de nous avec des ombres, comme un marionnettiste. Nous lui demandons du plaisir. Elle nous l'accorde, mais l'amertume et le désappointement lui succèdent. Nous trouvons sur notre chemin un noble chagrin qui donnera, pensons-nous, l'immense dignité de la tragédie à nos jours, mais il s'évanouit, des choses moins nobles le remplacent et un jour, devant une aurore grise et venteuse, ou devant le silence d'argent d'un soir parfumé, nous voilà qui regardons avec une surprise endurcie, ou avec un cœur lourd et de pierre, la tresse de cheveux mouchetée d'or que nous avions autrefois adorée avec tant d'ardeur et embrassée avec tant de passion. »

OSCAR WILDE, *Aphorismes*

« Il faut aimer les plaisirs ; il en faut jouir, mais il faut savoir s'en passer. »

CHRISTINE DE SUÈDE, *Maximes*

« Les gens qui se divertissent trop s'ennuient. »

CHRISTINE DE SUÈDE, *Maximes*

« Les plaisirs de longue durée ne sont plus plaisirs. »

CHRISTINE DE SUÈDE, *Maximes*

« Les plaisirs fatiguent plus que les affaires. »

CHRISTINE DE SUÈDE, *Maximes*

« Nous craignons toutes choses comme mortels, et nous désirons toutes choses comme si nous étions immortels. »

LA ROCHEFOUCAULD, *Maximes*

« L'avare

Après avoir converti tout son bien en monnaie, un avare acheta un lingot d'or qu'il enfouit devant le rempart, où il ne cessait de venir le contempler. Mais l'un des ouvriers des environs, qui avait observé ses allées et venues et deviné de quoi il retournait, attendit son départ et déroba le lingot. Peu après, notre avare revint à son tour ; découvrant que sa cachette était vide, il éclata en sanglots et s'arracha les cheveux. À le voir dans une telle affliction, un passant lui en demanda la raison, puis lui dit : "Allons, mon ami, cesse donc de te désespérer : ramasse plutôt un caillou, cache-le au même endroit, et figure-toi que c'est ton or ; car du temps où tu l'avais encore, tu n'en usais pas davantage !"

La fable montre que sans l'usage, la possession n'est rien. »

ÉSOPE, *Fables*

De la politesse

Lorsqu'on y met les formes, tout passe mieux, tant il est vrai que la forme est – parfois – presque aussi importante que le fond. Alors prenons la peine d'être plus aimables, plus respectueux des autres et plus soucieux des convenances. Être poli, c'est mettre un peu d'huile dans les rouages de la société.

« La politesse est une monnaie qui enrichit non point celui qui la reçoit, mais celui qui la dépense. »

Proverbe persan

« La politesse n'inspire pas toujours la bonté, l'équité, la complaisance, la gratitude ; elle en donne du moins les apparences, et fait paraître l'homme au-dehors comme il devrait être intérieurement.

L'on peut définir l'esprit de politesse, l'on ne peut en fixer la pratique : elle suit l'usage et les coutumes reçues ; elle est attachée aux temps, aux lieux, aux personnes, et n'est point la même dans les deux sexes, ni dans les différentes conditions ; l'esprit tout seul ne la fait pas deviner : il fait qu'on la suit par imitation, et que l'on s'y perfectionne. Il y a des tempéraments qui ne sont susceptibles que de la politesse ; et il y en a d'autres qui ne servent qu'aux grands talents, ou à une vertu solide. Il est vrai que les manières polies donnent cours au mérite, et le rendent agréable ; et qu'il faut avoir de bien éminentes qualités pour se soutenir sans la politesse.

Il me semble que l'esprit de politesse est une certaine attention à faire que par nos paroles et par nos manières les autres soient contents de nous et d'eux-mêmes. »

La Bruyère, *Les Caractères*

« La politesse repose sur une convention tacite de ne pas remarquer les uns chez les autres la misère morale et intellectuelle de la condition humaine, et de ne pas se la reprocher mutuellement ; d'où il résulte, au bénéfice des deux parties, qu'elle apparaît moins facilement.

Politesse est prudence ; impolitesse est donc niaiserie : se faire, par sa grossièreté, des ennemis, sans nécessité et de gaieté de cœur, c'est de la démence ; c'est comme si l'on mettait le feu à sa maison. Car la politesse est, comme les jetons, une monnaie notoirement fausse : l'épargner prouve de la déraison ; en user avec libéralité, de la raison. »

Schopenhauer, *Aphorismes sur la sagesse de la vie*

« Quand vous vous inclinez, inclinez-vous profondément. »

Proverbe chinois

« La politesse est à l'esprit ce que la grâce est au visage. »

VOLTAIRE, *Stances*

De la prudence

On n'est jamais assez prudent. Ni assez prévoyant. Un geste d'inattention, des paroles inconsidérées, une maladresse, un moment de colère peuvent ruiner bien des plans et bien des projets. « J'aurais dû... », « Il aurait fallu... », ces phrases de dépit ne sont souvent que la conséquence d'actes inconsidérés ou précipités. Il faut donc réfréner ses envies, agir avec discernement et précaution, examiner les avantages et les inconvénients d'une situation. Il est nécessaire de savoir être réservé et modéré. Mieux vaut pécher par excès de prudence que par excès tout court.

« Il ne faut pas attendre qu'on se noie pour penser au danger, il faut aller au-devant, et prévenir par une mûre considération tout ce qui peut arriver de pis. »

GRACIÁN, *L'Homme de cour*

« Les saillies des passions sont autant de pas glissants, qui font trébucher la prudence ; c'est là qu'est le danger de se perdre. Un homme s'engage plus en un moment de fureur ou de plaisir qu'en plusieurs heures d'indifférence. Quelquefois une petite échauffourée coûte un repentir qui dure toute la vie. »

GRACIÁN, *L'Homme de cour*

« Pour vivre avec une *prudence* parfaite et pour retirer de sa propre expérience tous les enseignements qu'elle contient, il est nécessaire de se reporter souvent en arrière par la pensée et de récapituler ce qu'on a vu, fait, appris et senti en même temps dans la vie ; il faut aussi comparer son jugement d'autrefois avec son opinion actuelle, ses projets et ses aspirations avec leur résultat et avec la satisfaction que ce résultat nous a donnée. L'expérience nous sert ainsi de professeur particulier qui vient nous donner des répétitions privées. »

SCHOPENHAUER, *Aphorismes sur la sagesse de la vie*

« Jamais la souris ne confie à un seul trou sa destinée. »

Proverbe latin

« Le renard et le bouc dans le puits

Un renard tombé dans un puits se vit contraint d'y rester, faute de pouvoir en remonter. Or un bouc assoiffé vint au même puits ; avisant le renard, il lui demanda si l'eau était bonne. Feignant la joie dans son malheur, le renard fit longuement l'éloge de l'eau, prétendant qu'elle était excellente, et engagea le bouc à descendre à son tour. N'écoutant que son désir, le bouc plongea sans plus réfléchir ; dès qu'il se fut désaltéré, il chercha avec le renard un moyen de remonter. Le renard lui dit qu'il avait une idée qui pourrait les sauver tous les deux : "Appuie donc tes pattes de devant contre la paroi et incline tes cornes : je monterai sur ton dos, puis je te hisserai à mon tour." Le bouc se rangea de bon cœur à ce deuxième avis ; le renard, escaladant en trois bonds ses pattes, grimpa sur son dos, d'où il prit appui sur ses cornes, atteignit l'orifice du puits et se disposa à prendre le large. Comme le bouc lui reprochait de ne pas respecter leur accord, le renard se retourna : "Mon gaillard", lui dit-il, "si tu avais autant de cervelle que de barbe au menton, tu ne serais pas descendu sans songer d'abord au moyen de remonter !"

De même chez les hommes : si l'on a du sens, il convient d'examiner l'issue d'une entreprise avant de s'y attaquer. »

ÉSOPE, *Fables*

« Il faut gouverner la fortune comme la santé : en jouir quand elle est bonne, prendre patience quand elle est mauvaise, et ne faire jamais de grands remèdes sans un extrême soin. »

LA ROCHEFOUCAULD, *Maximes*

« Ici-bas, il vaut mieux que tu te fasses peu d'amis ;
Ne sors de toi-même que pour de brèves entrevues ;
Celui-là dont le bras te semble un appui,
Examine-le bien, et prends garde. »

KHAYYAM, *Quatrains*

« Sois prudent : la fortune est incertaine ;
Prends garde : le glaive du destin est acéré.
Si le sort te met des amandes douces dans la bouche,
Ne les avale pas ; du poison s'y mélange. »

KHAYYAM, *Quatrains*

« Quiconque est prompt à parler est toujours sur le point d'être vaincu, et convaincu. »

GRACIÁN, *L'Homme de cour*

« Les choses ne passent point pour ce qu'elles sont, mais pour ce qu'elles paraissent être. Savoir faire, et le montrer, c'est le double savoir. »

GRACIÁN, *L'Homme de cour*

« Les navigateurs

Des gens s'embarquèrent et mirent à la voile. Lorsqu'ils eurent gagné le large, une forte tempête éclata, qui menaça de couler leur vaisseau ; et l'un des passagers, tout en lacérant ses vêtements, d'invoquer avec des cris et des gémissements les dieux de sa patrie, auxquels il promettait des ex-voto s'ils devaient en réchapper. La tempête cessa, le calme revint : alors les passagers de festoyer, de danser, de faire la cabriole, en gens qui se tirent d'un mauvais pas imprévu. Mais le pilote, un caractère bien trempé, leur tint ce langage :

“Réjouissons-nous, mes amis, mais en gens qu’attend peut-être une autre tempête !”

La fable enseigne à ne pas se laisser tourner la tête par les faveurs de la fortune, dont il faut méditer l’inconstance. »

ÉSOPE, *Fables*

De la santé

Une bonne santé est la clé de tout. Ce n’est d’ailleurs pas innocent si les vœux de santé viennent toujours en premier dans ceux que l’on s’adresse en début d’année. Ce n’est pas non plus un hasard si la première chose que l’on demande à quelqu’un, juste après l’avoir salué, est « Ça va ? ». « Précieuse est la santé dont on ne connaît le bonheur qu’après l’avoir perdue, écrivait Madame de Sévigné. Sans la santé, on ne peut rien faire... En un mot ce n’est pas vivre que de n’avoir point de santé. »
De fait, la santé est tout, et peut tout. Voilà pourquoi il faut la ménager et être prudent avec nous-mêmes. De nos jours, cela passe par des précautions élémentaires et maintes fois répétées comme ne pas avoir de rapports sexuels sans préservatif, réduire sa consommation de cigarettes ou d’alcool. Car lorsque notre santé est défaillante, c’est tout notre moral qui l’est. Et, par enchaînement, notre vie. « Tout doit céder le pas à la santé », souligne avec sagesse Schopenhauer.

« La santé par-dessus tout l’emporte tellement sur les biens extérieurs qu’en vérité un mendiant bien-portant est plus heureux qu’un roi malade. »

SCHOPENHAUER, *Aphorismes sur la sagesse de la vie*

« Il est d’ailleurs certain que rien ne contribue moins à la gaieté que la richesse et que rien n’y contribue plus que la santé : c’est dans les classes inférieures, parmi les travailleurs et particulièrement parmi les travailleurs de la terre, que l'on trouve les visages gais et contents ; chez les riches et les grands dominent les figures chagrines. Nous devrions, par conséquent, nous attacher avant tout à conserver cet état parfait de santé dont la gaieté apparaît comme la floraison. Pour cela, on sait qu'il faut fuir tous les excès et toutes les débauches, éviter toute émotion violente et pénible, ainsi que toute contention d'esprit excessive ou trop prolongée. Il faut encore prendre, chaque jour, deux heures au moins d'exercice rapide au grand air, des bains fréquents d'eau froide, et d'autres mesures diététiques de même genre. Point de santé si l'on ne se donne tous les jours suffisamment de mouvement ; toutes les fonctions de la vie, pour s'effectuer convenablement, demandent le mouvement des organes dans lesquels elles s'accomplissent et de l'ensemble du corps. Aristote a dit avec raison : “La vie est dans le mouvement.” »

SCHOPENHAUER, *Aphorismes sur la sagesse de la vie*

« En thèse générale, les neuf dixièmes de notre bonheur reposent exclusivement sur la santé. Avec elle, tout devient source de plaisir ; sans elle, au contraire, nous ne saurions goûter un bien extérieur, de quelque nature qu'il soit ; même les autres biens subjectifs, tels que les qualités de l'intelligence, du cœur, du caractère, sont amoindris et gâtés par l'état de la maladie. Aussi n'est-ce pas sans raison que nous nous informons mutuellement de l'état de notre santé et que nous nous souhaitons réciproquement de nous bien porter, car c'est bien là en réalité ce qu'il y a de plus essentiellement important pour le bonheur humain. Il s'ensuit donc qu'il est de la plus insigne folie de sacrifier sa santé à quoi que ce soit, richesse, carrière, études, gloire, et surtout à la volupté et aux jouissances fugitives. Au contraire, tout doit céder le pas à la santé. »

SCHOPENHAUER, *Aphorismes sur la sagesse de la vie*

« Quand notre corps tout entier est sain et intact, sauf une petite place blessée ou douloureuse, la conscience cesse de percevoir la santé du tout ; l'attention se dirige tout entière sur la douleur de la partie lésée, et le plaisir, déterminé par le sentiment total de l'existence, s'efface. De même, quand toutes nos affaires marchent à notre gré, sauf une seule qui va à l'encontre, c'est celle-ci, fût-elle de minime importance, qui nous trotte constamment par la cervelle, c'est sur elle que se reporte toujours notre pensée et rarement sur les autres choses, plus importantes, qui marchent à notre souhait. Dans les deux cas, c'est la *volonté* qui est lésée, la première fois telle qu'elle *s'objective* dans l'organisme, la seconde fois dans les efforts de l'homme. »

SCHOPENHAUER, *Aphorismes sur la sagesse de la vie*

« Quand on se porte bien, on est jeune ; quand on se porte mal, on est vieux, de quelque âge que l'on soit. »

CHRISTINE DE SUÈDE, *Maximes*

« La vigueur et la santé de l'âme et du corps sont la véritable jeunesse ; toute autre est imaginaire. »

CHRISTINE DE SUÈDE, *Maximes*

« La vie ne peut être agréable sans la parfaite santé et vigueur de l'âme et du corps. »

CHRISTINE DE SUÈDE, *Maximes*

Supporter la maladie

« La maladie vient à cheval et s'en retourne à pied », dit justement une expression latine qui nous rappelle que notre santé est fragile et qu'il faut tout faire pour la préserver. Voici néanmoins quelques réflexions pour aider à supporter l'épreuve de la maladie.

« La maladie est une entrave pour le corps, mais non

pour la volonté, si elle ne le veut. La claudication est une entrave pour les jambes, mais non pour la volonté. Dis-toi de même à chaque accident, et tu trouveras que c'est une entrave pour quelque autre chose, mais non pour toi. »

ÉPICTÈTE, *Manuel d'Épictète*

« Un homme qui souffre espère, comme un bonheur merveilleux, un état médiocre qui, la veille, aurait fait son malheur peut-être. Nous sommes plus sages que nous ne croyons. »

ALAIN, *Propos sur le bonheur*

Les règles pour fortifier sa santé selon Schopenhauer

« Pour s'endurcir, il faut, tant qu'on est en bonne santé, soumettre le corps dans son ensemble, comme dans chacune de ses parties, à beaucoup d'effort et de fatigue, et s'habituer à résister à tout ce qui peut l'affecter, quelque rudement que ce soit. Dès qu'il se manifeste, au contraire, un état morbide, soit du tout, soit d'une partie, on devra recourir immédiatement au procédé contraire, c'est-à-dire ménager et soigner de toute façon le corps ou sa partie malade : car ce qui est souffrant et affaibli n'est pas susceptible d'endurcissement.

Les muscles se fortifient, les nerfs, au contraire, s'affaiblissent par un fort usage. Il convient donc d'exercer les premiers par tous les efforts convenables et d'épargner au contraire tout effort aux seconds ; par conséquent, gardons nos yeux contre toute lumière trop vive, surtout quand elle est réfléchie, contre tout effort pendant le demi-jour, contre la fatigue de regarder longtemps de trop petits objets ; préservons nos oreilles également des bruits trop forts, mais surtout évitons à notre cerveau toute contention forcée, trop soutenue ou intempestive ; conséquemment, il faut le laisser reposer pendant la digestion, car à ce moment cette même force vitale qui, dans le cerveau, forme les pensées, travaille de tous ses efforts, dans l'estomac et les intestins, à préparer le chyme et le chyle ; il doit également reposer pendant et après un travail musculaire considérable. Car, pour les nerfs moteurs, comme pour les nerfs sensitifs, les choses se passent de la même manière, et, de même que la douleur ressentie dans un membre lésé a son véritable siège dans le cerveau, de même ce ne sont pas les bras et les jambes qui se meuvent et travaillent, mais le cerveau, c'est-à-dire cette portion du cerveau qui, par l'intermédiaire de la moelle allongée et de la moelle épinière, excite les nerfs de ces membres et les fait ainsi se mouvoir. Par suite aussi, la fatigue que nous éprouvons dans les jambes ou les bras a son siège réel dans le cerveau ; c'est pourquoi les membres dont le mouvement est soumis à la volonté, c'est-à-dire part du cerveau, sont les seuls qui se fatiguent, tandis que ceux dont le travail est involontaire, comme le cœur, sont infatigables. Évidemment, alors, c'est nuire au cerveau que d'exiger de lui de l'activité musculaire énergique et de la tension de l'esprit, que ce soit simultanément ou même seulement après un trop court intervalle. »

SCHOPENHAUER, *Aphorismes sur la sagesse de la vie*

« Mais il faut surtout donner au cerveau la pleine mesure de sommeil nécessaire à sa réfection, car le sommeil est pour l'ensemble de l'homme ce que le remontage est à la pendule. »

SCHOPENHAUER, *Aphorismes sur la sagesse de la vie*

De la sagesse

Qu'est-ce qu'un sage ? Un bouddha en contemplation ? Un ascète ? Un moine qui fait retraite ? Si tel était le cas, peu d'entre nous pourraient aspirer à la sagesse. Non, nous disent les philosophes, un sage est à la fois beaucoup plus simple et plus compliqué que ça. C'est celui qui se satisfait de son sort. Ainsi, quelqu'un qui vit sans préjugé, qui accepte les événements contre lesquels il ne peut rien, qui s'efforce de progresser en corrigeant ses faiblesses, est sage. Est sage aussi celui qui sait se détacher du tumulte extérieur et chercher en soi ses ressources pour atteindre une forme de sérénité. Tout comme celui qui s'acquitte chaque jour avec cœur de ce qu'il a à faire. La sagesse est un état d'esprit. « Qui dit sage, dit heureux », résume Madame du Châtelet.

« Le sage, qui s'est formé face aux nécessités, est plus enclin à partager ce qu'il a, qu'à recevoir la part d'un autre. Si grand est le trésor qu'il a découvert dans la suffisance de soi. »

ÉPICURE, *Sentences vaticanes*

« La vie d'Épicure, comparée à la vie des autres hommes, pourrait être considérée, en raison de sa douceur et de sa suffisance à soi, comme une fable. »

ÉPICURE, *Sentences vaticanes*

« Lorsque tu t'impatientes contre quelque chose, tu oublies que tout arrive conformément à la nature universelle ; que la faute commise ne te concerne pas, et aussi que tout ce qui arrive est toujours arrivé ainsi, arrivera encore et arrive partout, même à l'heure qu'il est. »

MARC AURÈLE, *Pensées pour moi-même*

« Souviens-toi que tout ce qui arrive, arrive justement. Tu le remarqueras, si tu observes avec exactitude. Je ne dis pas seulement : arrive *selon la suite*, mais encore *selon la justice*, et comme si quelqu'un assignait à chacun selon son mérite. Continue donc d'observer comme tu as commencé, et, ce que tu fais, fais-le avec cette pensée d'être un homme de bien, selon l'idée qui constitue proprement l'homme de bien. Ce principe, conserve-le pour toutes tes actions. »

MARC AURÈLE, *Pensées pour moi-même*

« Passe à travers la vie sans violence, l'âme pleine de joie, même si tous les hommes poussent contre toi les clameurs qu'ils voudront, même si les fauves déchirent les morceaux de cette pâte que tu épaissis autour de toi. Car, dans tous les cas, qui donc empêche ta pensée de conserver sa sérénité, de porter un jugement vrai sur ce qui se passe autour de toi et d'être prête à tirer parti de ce qui vient à ta rencontre ? Que ton âme donc, en tant qu'elle peut juger, dise à ce qui survient : "Tu es cela par essence, quoique l'opinion te fasse paraître autre." Mais qu'elle ajoute, en tant qu'elle peut tirer parti de ce qui lui survient : "J'allais à la rencontre, puisque le présent m'est toujours matière à vertu raisonnable et sociale et, en un mot, matière à faire œuvre humaine ou divine." Tout ce qui arrive, en effet, se rend familier à Dieu ou à l'homme ; rien n'est nouveau ni difficile à manier, mais tout est commun et facile à façonner. »

MARC AURÈLE, *Pensées pour moi-même*

« Chacun envie le bonheur d'autrui, faute d'être content du sien. Ceux d'aujourd'hui louent les choses d'hier, et ceux d'ici celles de delà. Tout le passé paraît meilleur, et tout ce qui est éloigné est plus estimé. Aussi fou est celui qui se rit de tout que celui qui se chagrine de tout. »

GRACIÁN, *L'Homme de cour*

« Être invulnérable ne veut pas dire n'être jamais attaqué : cela veut dire ne pas pouvoir être blessé. Et c'est ce qui caractérise le sage tel que j'entends le définir. »

SÉNÈQUE, *La Constance du sage*

« Le sage est pareil à ces athlètes qui, grâce à un

entraînement prolongé et assidu, acquièrent une endurance assez grande pour supporter sans trêve, et jusqu'à les décourager, toutes les tentatives de l'assaillant. »

SÉNÈQUE, *La Constance du sage*

« Voici la maison du sage : petite, sans luxe, sans bruit ni apparat ; elle n'est point gardée par des portiers qui filtrent les visiteurs avec leur insolence vénale, mais ce seuil, que rien ni personne ne protège, jamais la Fortune ne le franchit : elle sait qu'elle n'a que faire en un lieu où rien n'est pour elle. »

SÉNÈQUE, *La Constance du sage*

« La sagesse est à l'âme ce que la santé est pour le corps. »

LA ROCHEFOUCAULD, *Maximes*

« Le sage poursuit l'absence de douleur et non le plaisir. »

ARISTOTE, *Éthique à Nicomaque*

« Le meilleur de tous les hommes est celui qui acquiert par lui-même toute sa sagesse, et sait prévoir quels fruits une conduite avisée finira par produire ; il est louable également, celui qui obéit à de bons conseils ; mais celui qui n'a par lui-même aucune intelligence et qui ne grave pas dans son âme les leçons d'autrui, cet homme-là n'est bon à rien. »

HÉSIODE, *Les Travaux et les Jours*

« Peu de gens sont assez sages pour préférer le blâme qui leur est utile à la louange qui les trahit. »

LA ROCHEFOUCAULD, *Maximes*

« Qui vit sans folie n'est pas si sage qu'il le croit. »

LA ROCHEFOUCAULD, *Maximes*

« En vieillissant on devient plus fou, et plus sage. »

LA ROCHEFOUCAULD, *Maximes*

« Le fou court après les plaisirs de la vie et trouve la déception ; le sage évite les maux. »

SCHOPENHAUER, *Aphorismes sur la sagesse de la vie*

« Le sage guérit de l'ambition par l'ambition même ; il tend à de si grandes choses, qu'il ne peut se borner à ce qu'on appelle des trésors, des postes, la fortune et la faveur : il ne voit rien dans de si faibles avantages qui soit assez bon et assez solide pour remplir son cœur, et pour mériter ses soins et ses désirs ; il a même besoin d'efforts pour ne les pas trop dédaigner. Le seul bien capable de le tenter est cette sorte de gloire qui devrait naître de la vertu toute pure et toute simple ; mais les hommes ne l'accordent guère, et il s'en passe. »

LA BRUYÈRE, *Les Caractères*

« Un homme sage ni ne se laisse gouverner, ni ne cherche à gouverner les autres : ils veulent que la raison gouverne seule, et toujours. »

LA BRUYÈRE, *Les Caractères*

« C'est le rôle d'un sot d'être importun : un homme habile sent s'il convient ou s'il ennuie ; il sait disparaître le moment qui précède celui où il serait de trop quelque part. »

LA BRUYÈRE, *Les Caractères*

« La sage conduite roule sur deux pivots, le passé et l'avenir. Celui qui a la mémoire fidèle et une grande prévoyance est hors du péril de censurer dans les autres ce qu'il a peut-être fait lui-même, ou de condamner une action dans un pareil cas, et dans toutes les circonstances où elle lui sera un jour inévitable. »

LA BRUYÈRE, *Les Caractères*

« D'après moi, beaucoup de gens auraient pu parvenir à la sagesse s'ils n'avaient pas cru y être déjà parvenus, s'ils ne s'étaient pas dissimulé certains de leurs défauts ou s'ils n'avaient pas délibérément fermé les yeux sur d'autres. Il ne faut pas croire que les flatteries d'autrui nous soient plus préjudiciables que celles que nous nous prodiguons. Qui ose se dire la vérité ? Qui, lorsqu'il se trouve au milieu d'un troupeau de flatteurs et de flagorneurs, se prive de faire de la surenchère à son avantage ? »

SÉNÈQUE, *De la tranquillité de l'âme*

« Nous devons également nous montrer accommodants ; ne nous investissons pas trop dans nos projets, adaptons-nous aux situations dans lesquelles nous place le hasard et ne redoutons pas de changer d'avis ou d'attitude, pourvu que nous évitions de sombrer dans la versatilité, défaut particulièrement préjudiciable à notre tranquillité. De fait, si l'obstiné est inévitablement tourmenté et malheureux puisque la Fortune lui arrache de multiples concessions, le versatile souffre encore plus car il ne trouve nul point d'ancrage. La tranquillité de l'âme a deux ennemis : l'inaptitude à rien changer et l'inaptitude à rien supporter. »

SÉNÈQUE, *De la tranquillité de l'âme*

Les préceptes de l'homme sage selon Sénèque

« 1. Nous devrons procéder à notre propre examen avant de passer à celui des tâches que nous allons entreprendre et enfin de considérer ceux pour qui et avec qui nous les entreprendrons.

2. Il nous faut, tout d'abord, nous évaluer nous-mêmes car, généralement, nous surestimons nos capacités : tel échoue pour avoir fait aveuglément confiance à ses qualités d'orateur, tel a exigé de son patrimoine plus qu'il ne pouvait supporter, tel autre a ruiné sa santé fragile pour lui avoir imposé une tâche au-dessus de ses forces.

3. Certains font preuve d'une timidité peu compatible avec les responsabilités publiques qui nécessitent de l'assurance ; d'autres témoignent d'une obstination malvenue à la cour ; les uns ne peuvent pas maîtriser

leur impulsivité et le moindre sujet d'indignation les entraîne dans des propos imprudents ; d'autres enfin ne parviennent pas à se retenir de faire de l'esprit et se laissent aller à des plaisanteries périlleuses : pour tous ceux-là, mieux vaut rester à l'écart de la vie publique que de s'y mêler. Une nature fougueuse et indépendante doit éviter tout ce qui pourrait aiguiser, à son détriment, son sens de la liberté.

4. Nous devons examiner si notre nature est plutôt faite pour l'activité politique ou pour l'étude en retrait de la vie publique et la contemplation, puis pencher du côté où nous entraînera notre personnalité : Isocrate retira de force Éphorus du forum, pensant qu'il rendrait davantage de services en composant des ouvrages historiques. Effectivement, un naturel contrarié ne donne rien de bon : quand la nature oppose une résistance, tous les efforts sont vains.

5. Il nous faut ensuite évaluer la nature précise de nos entreprises et mesurer nos forces aux tâches que nous nous proposons d'effectuer : il faut toujours avoir en soi plus de ressource que n'en exige l'ouvrage à accomplir ; on se brise forcément les reins à porter des charges au-dessus de ses forces.

6. Par ailleurs, certaines entreprises sans grande importance peuvent être lourdes de complications multiples : défions-nous aussi de celles qui déboucheront sur un nouveau problème de nature complexe. Ne nous aventurons pas non plus dans une affaire dont nous ne serions pas libres de nous désengager : consacrons-nous à celles que nous pouvons mener à bien ou tout au moins l'espérer ; évitons celles dont on ne voit jamais la fin et qui ne s'achèvent pas où on le prévoyait.

7. Nous devons surtout choisir avec discernement les hommes, voir s'ils méritent que nous leur consacrions une partie de notre vie, s'ils sont conscients que nous leur sacrifions notre temps : certains, en effet, n'hésitent pas à considérer que nous devons les remercier des services que nous leur rendons !

8. Athenodorus disait qu'il n'irait même pas dîner

chez quelqu'un qui ne lui en aurait aucune reconnaissance. Tu devines, j'en suis sûr, qu'il serait encore moins allé chez des gens qui s'acquittent des services rendus par leurs amis en les invitant à leur table, comptant leurs plats pour des présents, comme s'ils s'adonnaient à leurs excès pour faire honneur à autrui ! Prive-les de témoins et de spectateurs, une auberge discrète n'aura guère leurs faveurs ! »

SÉNÈQUE, *De la tranquillité de l'âme*

De la sérénité

« Il ne faut pas gâter les choses présentes par le désir des absentes, mais réfléchir au fait que celles-là mêmes ont fait partie des choses souhaitables. »

ÉPICURE, *Sentences vaticanes*

« Il faut de plus grandes vertus pour soutenir la bonne fortune que la mauvaise. »

LA ROCHEFOUCAULD, *Maximes*

« Inutile de tirer votre épée pour couper de l'eau ; l'eau continuera de couler. »

LI PO

« De même est heureux l'homme à qui suffit sa richesse intérieure et qui pour son amusement ne demande que peu, ou même rien, au monde extérieur, attendu que pareille importation est chère, assujettissante, dangereuse ; elle expose à des désagréments et, en définitive, n'est toujours qu'un mauvais succédané pour les productions du sol propre. Car nous ne devons, à aucun égard, attendre grand-chose d'autrui et du dehors en général. Ce qu'un individu peut être pour un autre est une chose très étroitement limitée ; chacun finit par rester seul, et *qui* est seul ? devient alors la grande question. »

SCHOPENHAUER, *Aphorismes sur la sagesse de la vie*

« Un tempérament calme et serein, provenant d'une santé parfaite et d'une heureuse organisation, une raison lucide, vive, pénétrante et concevant juste, une volonté modérée et douce, et comme résultat une bonne conscience, voilà les avantages que nul rang, nulle richesse ne sauraient remplacer. »

SCHOPENHAUER, *Aphorismes sur la sagesse de la vie*

« Il n'y a point de chemin trop long à qui marche lentement et sans se presser : il n'y a point d'avantages trop éloignés à qui s'y prépare par la patience. »

LA BRUYÈRE, *Les Caractères*

« Rien de ce qui arrive réellement n'a la moindre importance. »

OSCAR WILDE, *Aphorismes*

« Le premier des dons de la nature est cette force de raison qui vous élève au-dessus de vos propres passions et de vos faiblesses, et qui vous fait gouverner vos qualités mêmes, vos talents et vos vertus. »

CHAMFORT, *Maximes et pensées*

« La fin suprême c'est de vivre selon la nature, c'est-à-dire selon sa nature et celle du tout, en ne faisant rien de ce qui est défendu par la loi commune, la droite raison répandue à travers toute chose (...). La vertu de l'homme heureux et le cours bien ordonné de la vie naissent de l'harmonie du génie de chacun avec la volonté de celui qui organise tout. »

DIOGÈNE LAËRCE

Du silence

« Le silence est un ami qui ne trahit jamais. »

Proverbe chinois

« Le silence est le parti le plus sûr de celui qui se défie de soi-même. »

LA ROCHEFOUCAULD, *Maximes*

« On gagne toujours à taire ce qu'on n'est pas obligé de dire. »

Proverbe chinois

« Sois le plus souvent silencieux. Ne dis que ce qui est nécessaire, et en peu de mots. S'il arrive, rarement toutefois, que s'offre l'occasion de parler, parle, mais que ce ne soient point des premières choses venues. Ne parle pas de combats de gladiateurs, de courses du cirque, d'athlètes, de nourritures ou de boissons, conversations courantes. Surtout, ne parle pas des hommes, soit pour les blâmer, soit pour les louer ou pour les mettre en parallèle. »

ÉPICTÈTE, *Manuel d'Épictète*

« C'est une grande misère que de n'avoir pas assez d'esprit pour bien parler, ni assez de jugement pour se taire. Voilà le principe de toute impertinence. »

LA BRUYÈRE, *Les Caractères*

« L'on se repent rarement de parler peu, très souvent de trop parler : maxime usée et triviale que tout le monde sait, et que tout le monde ne pratique pas. »

LA BRUYÈRE, *Les Caractères*

« Le silence est grand, tout le reste est faiblesse. »

VIGNY, *Les Destinées*

De la sincérité

Il est difficile d'être sincère. Cela demande du cran et sans doute une bonne dose d'inconscience. Sans doute parce que la vérité, contrairement à ce qu'affirme Euripide, n'est pas toujours simple. Malgré cela, dire

ce que l'on pense est le plus grand service que nous pouvons rendre à nous-mêmes et à ceux que l'on aime. La sincérité est une preuve d'amour et un acte de courage.
À l'inverse, nous devons accepter la sincérité de nos proches, même si elle n'est pas toujours agréable à entendre. Elle est une preuve de confiance. Un cadeau que l'on nous fait. Il faut le prendre comme tel, en remerciant celui qui nous l'offre.

« Un homme sincère à la cour d'un prince est un homme libre parmi les esclaves. Quoiqu'il respecte le Souverain, la vérité, dans sa bouche, est toujours souveraine, et, tandis qu'une foule de courtisans est le jouet des vents qui règnent et des tempêtes qui grondent autour du trône, il est ferme et inébranlable, parce qu'il s'appuie sur la vérité, qui est immortelle par sa nature et incorruptible par son essence. »

MONTESQUIEU, *Éloge de la sincérité*

« Heureux le prince qui vit parmi des gens sincères qui s'intéressent à sa réputation et à sa vertu. Mais que celui qui vit parmi les flatteurs est malheureux de passer ainsi sa vie au milieu de ses ennemis !

Oui ! Au milieu de ses ennemis ! Et nous devons regarder comme tels tous ceux qui ne nous parlent point à cœur ouvert ; qui, comme ce Janus de la fable, se montrent toujours à nous avec deux visages ; qui nous font vivre dans une nuit éternelle, et nous couvrent d'un nuage épais pour nous empêcher de voir la vérité qui se présente. »

MONTESQUIEU, *Éloge de la sincérité*

« On peut bien mentir en paroles ; mais la tête que l'on fait alors dit tout de même la vérité. »

NIETZSCHE, *Par-delà bien et mal*

« Beaucoup parler de soi peut aussi être un moyen de se cacher. »

NIETZSCHE, *Par-delà bien et mal*

« Un peu de sincérité peut être fort dangereux, beaucoup de sincérité est tout à fait fatal. »

OSCAR WILDE, *Aphorismes*

« On est obligé de dire la vérité, mais on n'est pas obligé de dire toutes les vérités. »

CHRISTINE DE SUÈDE, *Maximes*

« Les paroles sincères ne sont pas élégantes ; les paroles élégantes ne sont pas sincères. »

Proverbe chinois

« La sincérité est une ouverture de cœur. On la trouve en fort peu de gens ; et celle que l'on voit d'ordinaire n'est qu'une fine dissimulation pour attirer la confiance des autres. »

LA ROCHEFOUCAULD, *Maximes*

« La parfaite valeur est de faire sans témoins ce qu'on serait capable de faire devant tout le monde. »

LA ROCHEFOUCAULD, *Maximes*

« Quelque honte que nous ayons méritée, il est presque toujours en notre pouvoir de rétablir notre réputation. »

LA ROCHEFOUCAULD, *Maximes*

« Il coûte à un homme de mérite de faire assidûment sa cour, mais par une raison bien opposée à celle que l'on pourrait croire : il n'est point tel sans une grande modestie, qui l'éloigne de penser qu'il fasse le moindre plaisir aux princes s'il se trouve sur leur passage, se poste devant leurs yeux, et leur montre son visage ; il est plus proche de se persuader qu'il les importune, et il a besoin de toutes les raisons tirées de l'usage et de son devoir pour se résoudre à se montrer. Celui au contraire qui a une bonne opinion de soi, et que le vulgaire appelle un glorieux, a du goût à se faire voir, et il fait sa cour avec d'autant plus de confiance qu'il est incapable de s'imaginer que les grands dont il est vu pensent autrement de sa personne qu'il fait lui-même. »

LA BRUYÈRE, *Les Caractères*

« Ne fais rien dans ta vie, qui te fasse redouter que ton voisin en prenne connaissance. »

ÉPICURE, *Sentences vaticanes*

« L'hypocrisie est un hommage que le vice rend à la vertu. »

LA ROCHEFOUCAULD, *Maximes*

Du temps présent

Et si nous cessions de remettre notre bien-être et notre bonheur à demain ? Si nous cessions de vouloir toujours plus, d'être ces éternels insatisfaits ? « Ce qui est passé a fui ; ce que tu espères est absent ; mais le présent est à toi », rappelle un proverbe arabe. Seul en effet le moment présent nous appartient. Nous devons en profiter et en jouir pleinement. Il est notre seule vraie richesse et le seul moment que nous ayons le loisir de maîtriser pleinement. « Chaque jour séparé est une vie séparée », dit Sénèque.

« Le présent est une puissante divinité. »

GOETHE

« Sois heureux d'aujourd'hui, ne parle pas d'hier. »

KHAYYAM, *Quatrains*

« Le bonheur habite le présent, et le plus quotidien des présents. Il faut dire : “J'ai ceci, j'ai cela, je suis heureux." Et même dire : "Malgré ceci et malgré cela, je suis heureux." »

GIONO, *La Chasse au bonheur*

« Vous vivez comme si vous alliez vivre toujours, jamais votre fragilité ne vous vient à l'esprit, vous n'observez pas combien de temps est déjà passé ; vous le perdez comme si vous en aviez tant et plus, quand – pour ce qu'on en sait – peut-être celui-là même que vous donnez à quelqu'un ou à quelque chose est votre dernier jour. Autant vos peurs incessantes sont celles de mortels, autant vos désirs incessants le sont d'immortels. »

SÉNÈQUE, *Sur la brièveté de la vie*

« Aussi faut-il concurrencer la vélocité du temps par la vitesse à en user et, comme en un torrent rapide et saisonnier, y puiser vivement. »

SÉNÈQUE, *Sur la brièveté de la vie*

« La vie la plus courte et la plus remuante échoit à ceux qui oublient leur passé, négligent leur présent, redoutent l'avenir : quand la dernière extrémité est venue, ces malheureux comprennent trop tard qu'ils ont cru tout le temps, alors qu'ils ne faisaient rien, avoir été occupés. »

SÉNÈQUE, *Sur la brièveté de la vie*

« Quelque occupé que l'on soit, il faut se ménager des heures de retraite, qui doivent être employées pour prendre des mesures avec soi-même, ou plutôt pour les prendre avec Dieu. »

CHRISTINE DE SUÈDE, *Maximes*

« On doit employer dignement tous les moments de la vie jusqu'au dernier. »

CHRISTINE DE SUÈDE, *Maximes*

« Il est toujours bon de prendre du temps. »

GRACIÁN, *L'Homme de cour*

« La prompte exécution est la mère de la bonne fortune. Celui-là a beaucoup fait, qui n'a rien laissé à faire pour le lendemain. Ce mot est digne d'Auguste : *Hâtez-vous lentement.* »

GRACIÁN, *L'Homme de cour*

« Ne point vivre à la hâte

Savoir partager son temps, c'est savoir jouir de la vie. Plusieurs ont encore beaucoup à vivre, qui n'ont plus de quoi vivre contents. Ils perdent les plaisirs, car ils n'en jouissent pas ; et quand ils ont été bien avant, ils voudraient pouvoir retourner en arrière. Ce sont des postillons de la vie, qui ajoutent à la course précipitée du temps l'impétuosité de leur esprit. Ils voudraient dévorer en un jour ce qu'ils pourraient à peine digérer en toute leur vie. Ils vivent dans les plaisirs comme gens qui les veulent tous goûter par avance. Ils mangent les années à venir, et comme ils font tout à la hâte, ils ont bientôt tout fait. Le désir même de savoir doit être modéré, pour ne pas savoir imparfaitement les choses. Il y a plus de jours que de prospérités. Hâte-toi de faire, et jouis à loisir. Les affaires valent mieux faites qu'à faire, et le contentement qui dure est meilleur que celui qui finit. »

GRACIÁN, *L'Homme de cour*

« Ceux qui emploient mal leur temps sont les premiers à se plaindre de sa brièveté : comme ils le consument à s'habiller, à manger, à dormir, à de sots discours, à se résoudre sur ce qu'ils doivent faire, et souvent à ne rien faire, ils en manquent pour leurs affaires ou pour leurs plaisirs ; ceux au contraire qui en font un meilleur usage en ont de reste.

Il n'y a point de ministre si occupé qui ne sache perdre chaque jour deux heures de temps : cela va loin à la fin d'une longue vie ; et si le mal est encore plus grand dans les autres conditions des hommes, quelle perte infinie ne se fait pas dans le monde d'une chose si précieuse, et dont l'on se plaint qu'on n'a point assez ! »

LA BRUYÈRE, *Les Caractères*

« Un point important pour la sagesse dans la vie, c'est la proportion dans laquelle nous consacrons une part de notre attention au présent et l'autre à l'avenir, afin que l'un ne nous gâte pas l'autre. Il y a beaucoup de gens qui vivent trop dans le présent : ce sont les frivoles ; d'autres, trop dans l'avenir : ce sont les craintifs et les inquiets. On garde rarement la juste mesure. Ces hommes qui, mus par leurs désirs et leurs espérances, vivent uniquement dans l'avenir, les yeux toujours dirigés en avant, qui courent avec impatience au-devant des choses futures, car, pensent-ils, celles-là vont leur apporter tout à l'heure le vrai bonheur, mais qui, en attendant, laissent fuir le temps présent qu'ils négligent sans en jouir, ressemblent à ces ânes, en Italie, à qui l'on fait presser le pas au moyen d'une botte de foin attachée par un bâton devant leur tête : ils voient la botte toujours tout près devant eux et ont toujours l'espoir de l'atteindre. De tels hommes en effet s'abusent d'eux-mêmes sur toute leur existence en ne vivant perpétuellement qu'*ad interim* jusqu'à leur mort. Ainsi, au lieu de nous occuper sans cesse exclusivement de plans et de soins d'avenir, ou de nous livrer, à l'inverse, aux regrets du passé, nous devrions ne jamais oublier que le présent seul est réel, que seul il est certain, et qu'au contraire, l'avenir se présente presque toujours autre que nous le pensions et que le passé lui aussi a été différent ; ce qui fait que, en somme, avenir et passé ont tous deux bien moins d'importance qu'il ne nous semble. »

SCHOPENHAUER, *Aphorismes sur la sagesse de la vie*

« Le présent seul est vrai et effectif ; il est le temps réellement rempli, et c'est sur lui que repose exclusivement notre existence. Aussi doit-il toujours mériter à nos yeux un accueil de bienvenue ; nous devrions goûter, avec la pleine conscience de sa valeur, toute heure supportable et libre de contrariétés ou de douleurs actuelles, c'est-à-dire ne pas la troubler par des visages qu'attristent des espérances déçues dans le passé ou des appréhensions pour l'avenir. Quoi de plus insensé que de repousser une bonne heure présente ou de se la gâter délibérément par inquiétude de l'avenir ou par chagrin du passé ! »

SCHOPENHAUER, *Aphorismes sur la sagesse de la vie*

« Médite fréquemment la rapidité avec laquelle passent et se dissipent les êtres et les événements. La substance est, en effet, comme un fleuve, en perpétuel écoulement ; les forces sont soumises à de continuelles transformations, et les causes formelles à des milliers de modifications. Presque rien n'est stable, et voici, tout près, le gouffre infini du passé et de l'avenir, où tout s'évanouit. Comment ne serait-il pas fou, celui qui s'enfle d'orgueil parmi ce tourbillon, se tourmente ou se plaint, comme si quelque chose, pendant quelque temps et même longtemps, pouvait le troubler ? »

MARC AURÈLE, *Pensées pour moi-même*

« Mais souviens-toi aussi que chacun ne vit que le moment présent, et que ce moment ne dure qu'un instant ; le reste, il a été vécu ou est dans l'incertain. Petit est donc le temps que chacun vit ; petit est le coin de terre où il le vit, et petite aussi, même la plus durable, est la gloire posthume. »

MARC AURÈLE, *Pensées pour moi-même*

« Nous ne tenons jamais au temps présent. Nous anticipons l'avenir comme trop long à venir, comme pour hâter son cours, ou nous rappelons le passé pour l'arrêter comme trop prompt, si imprudents que nous errons dans les temps qui ne sont point nôtres, et ne pensons point au seul qui nous appartient, et si vains que nous songeons à ceux qui ne sont rien, et échappons sans réflexion le seul qui subsiste. C'est que le présent d'ordinaire nous blesse. Nous le cachons à notre vue parce qu'il nous afflige, et s'il nous est agréable nous regrettons de le voir échapper. Nous tâchons de le soutenir par l'avenir, et pensons à disposer les choses qui ne sont pas en notre puissance pour un temps où nous n'avons aucune assurance d'arriver.

Que chacun examine ses pensées. Il les trouvera toutes occupées au passé ou à l'avenir. Nous ne pensons presque point au présent, et si nous y pensons ce n'est que pour en prendre la lumière pour disposer de l'avenir. Le présent n'est jamais notre fin. Le passé et le présent sont nos moyens ; le seul avenir est notre fin. Ainsi nous ne vivons jamais, mais nous espérons de vivre, et nous disposant toujours à être heureux il est inévitable que nous ne le soyons jamais. »

PASCAL, *Pensées*

Rappels biographiques

Aristote : philosophe grec, né en 384 avant Jésus-Christ. Disciple de Platon, il fut le précepteur d'Alexandre le Grand. Sa philosophie est basée sur le rationalisme et l'empirisme. On lui doit des œuvres telles que *Éthique à Nicomaque, Histoire des animaux, La Physique*. Il meurt en 322 avant J.-C. à Chalcis sur l'île d'Eubée.

Chamfort : Sébastien Roch Nicolas, dit Chamfort, est né en 1740. Ce moraliste à l'esprit caustique, et volontiers persifleur, était à la fois mondain et misanthrope. Il laisse libre cours à son goût des formules et à son écriture acérée dans ses *Maximes et pensées*, d'une étonnante fraîcheur. Enthousiasmé par la Révolution, mais hostile à la Terreur, il est plusieurs fois emprisonné et se suicide en 1794.

Madame du Châtelet : née en 1706, la marquise Émilie du Châtelet était une femme érudite et passionnée de sciences. Elle fut la maîtresse de Voltaire avec lequel elle entretint une longue liaison sentimentale et intellectuelle. Dans son livre, *Discours sur le bonheur*, elle donne les préceptes d'une vie heureuse en s'inspirant de la sienne. Elle meurt en 1749.

Christine de Suède : « la Grande Christine », fille du roi Gustave II de Suède, voit le jour en 1626. Son père la prépara à régner par une éducation stricte et virile. Lassée du pouvoir, elle abdiqua au bout de six ans de règne et se convertit au catholicisme. Fervente admiratrice de La Rochefoucauld, elle rédigea des *Maximes* en s'inspirant de son œuvre.

CONFUCIUS : philosophe chinois né vers 555 avant notre ère, Confucius a profondément influencé la civilisation chinoise. Son enseignement est fondé sur la morale, sur le respect des usages et sur la nécessité d'être vertueux et modéré. Ses préceptes ont été recueillis dans *Les Entretiens de Confucius*, retranscrits par ses disciples.

MARCELINE DESBORDES-VALMORE : née à Douai en 1786, Marceline Desbordes-Valmore est sans doute l'une des plus grandes poétesses du XIXe siècle. D'abord actrice, elle se consacre à la littérature en écrivant des contes pour enfants et des poèmes. Dans un style mélancolique et raffiné, elle y dépeint les douleurs, ses chagrins et sa vénération de l'amour. Elle publie *Poésies* et *Poésies inédites*. Elle meurt en 1859 après avoir perdu quatre enfants.

ÉPICTÈTE : né en 50 après J.-C., en Asie Mineure, Épictète fut emmené à Rome comme esclave. Adepte de la philosophie stoïcienne, on raconte à son propos cette anecdote célèbre : à son maître qui lui tordait la jambe avec un appareil de torture, il aurait dit : « Tu vas la casser », ajoutant simplement une fois sa prédiction réalisée : « Ne te l'avais-je pas dit ? » Une fois affranchi, il vécut dans la pauvreté. On lui doit le *Manuel d'Épictète* et les *Entretiens*. Il meurt vers 125 ou 130.

ÉPICURE : philosophe grec fondateur de l'épicurisme, né en 341 avant J.-C. Il fonde en 306 avant notre ère l'école du Jardin où il enseigne sa pensée, basée sur la notion de plaisir, et un mode de vie, reposant sur la frugalité et l'amitié. La plupart de ses œuvres ont disparu. Il ne reste aujourd'hui que trois lettres : *Lettre à Hérodote, Lettre à Ménécée, Lettre à Pythoclès*. Il meurt en 270 avant notre ère à 70 ans.

ÉSOPE : fabuliste grec né vers le VIe siècle avant notre ère, Ésope a une vie légendaire et mystérieuse. Esclave affranchi, il aurait voyagé au Proche-Orient, puis à Athènes, Corinthe et Delphes avant d'être assassiné. Ses fables populaires ont inspiré la littérature européenne et arabe. Il s'agit de récits brefs, mettant en scène des personnages ou des animaux, conclus par une morale. La Fontaine s'en inspira pour rédiger ses propres fables.

GIBRAN : poète et peintre libanais né en 1883, Khalil Gibran fit ses études à Paris, puis à Boston. Il commence à publier ses poèmes en 1904 dans un quotidien arabe publié à New York, où il vit. Son œuvre picturale importante est complétée par la rédaction de livres dont les plus célèbres sont : *Le Fou, Le Prophète, Le Jardin du prophète*, dans lesquels il laisse voir sa philosophie empreinte de profondeur et de simplicité. Il meurt en 1931.

GRACIÁN : né au début du XVIIe siècle (1601) en Espagne, Baltasar Gracián y Morales est un moraliste religieux qui enseigne les Écritures saintes. Fin connaisseur de la nature humaine, il rédige *L'Homme de cour*, recueil de maximes et de réflexions sur la morale et les comportements humains. Il meurt en 1658.

HÉSIODE : voir page 62.

KHAYYAM : savant et poète perse né vers 1050, Omar Khayyam est surtout connu pour ses écrits scientifiques et poétiques. Il rédige des traités d'algèbre et est chargé de la réforme du calendrier perse. Ses poèmes chargés d'épicurisme, de scepticisme, et souvent blasphématoires (il prône l'ivresse et l'amour), circulèrent longtemps sous le manteau et ne connurent la consécration qu'au XIXe siècle. Il meurt vers 1123.

LA BRUYÈRE : né à Paris en 1645, Jean de La Bruyère avait une charge d'avocat. Grâce à Bossuet, il devient le précepteur du petit-fils du prince de Condé. La fréquentation de l'aristocratie lui offre un champ d'observation dont il s'inspire pour écrire ses célèbres *Caractères*, où il laisse libre cours à ses remarques incisives et à son style d'un grand réalisme. Élu à l'Académie française, en 1693, il meurt en 1696.

LAO-TSEU : philosophe chinois né vers 570 avant notre ère, Lao-tseu est l'un des pères du taoïsme, dont la philosophie est basée sur la non-intervention sur le cours naturel des choses et sur son acceptation. Il s'agit en fait de trouver « la voie » qui permet d'acquérir la vertu et d'aller vers le bonheur. On sait peu de chose sur la vie de Lao-tseu et son œuvre unique est le *Tao-tö king*. Il meurt vers 490 avant J.-C.

LA ROCHEFOUCAULD : écrivain et moraliste, né en 1613, François de La Rochefoucauld fut embastillé pour avoir intrigué contre Richelieu, avant d'être exilé sur ses terres du Poitou. Rentré en grâce, il fréquente la Cour et commence à rédiger ses *Maximes* vers 1658. Il laisse entrevoir un tempérament pessimiste et dénonce l'égoïsme qui guide les sentiments et les relations sociales. Il travaille à ses *Maximes* jusqu'à la fin de ses jours en 1680.

MARC AURÈLE : empereur et philosophe romain, né en 121 après J.-C. Adopté par l'empereur Antonin, il lui succède à sa mort. Son règne fut troublé par de nombreuses guerres contre les Parthes et les Germains. Adepte du stoïcisme, il rédige ses fameuses *Pensées pour moi-même* vers la fin de sa vie. Elles sont l'un des derniers grands témoignages du stoïcisme antique. Il meurt en 180.

MONTAIGNE : voir page 90.

NIETZSCHE : philosophe allemand, né en 1844, Frédéric Nietzsche reçoit une éducation luthérienne. Ami de Wagner, il découvre la philosophie vers l'âge de vingt ans et devient professeur à l'université de Bâle. Ses ouvrages sont multiples et variés : *Le Gai Savoir, Par-delà bien et mal, Humain trop humain, Ainsi parlait Zarathoustra*... Il meurt en 1900, emporté par la syphilis.

RAINER MARIA RILKE : poète-écrivain, né à Prague en 1875, Rainer Maria Rilke passe une grande partie de sa vie à voyager et à écrire. De 1903 à 1908, il entretient une correspondance avec un de ses admirateurs, Franz Xaver Kappus, qui lui adresse ses premiers essais poétiques. Ce sont les *Lettres à un jeune poète*, que Kappus publie trois ans après la mort de leur auteur. Rilke y dépeint la nécessaire solitude du créateur et en fait un guide spirituel qui demeure d'une grande permanence. Il meurt en Suisse en 1926.

SCHOPENHAUER : philosophe allemand, Arthur Schopenhauer est né à Dantzig en 1788. Vivant en ermite, profondément pessimiste, il dépasse la philosophie critique de Kant, et commence à rédiger ses premiers textes dans lesquels il conteste la société et prône le développement de la richesse intérieure. *Le Monde comme volonté et comme représentation* est considéré comme son ouvrage majeur. Il meurt en 1860.

SÉNÈQUE : voir page 33.

OSCAR WILDE : écrivain anglais né en 1854, Oscar Wilde se distingue dès sa jeunesse par ses tenues vestimentaires extravagantes. Il publie ses premiers poèmes dans des revues et ses éloges de « l'art pour l'art » le rendent rapidement célèbre à Londres, où il fréquente les salons mondains. On lui doit *Le Portrait de Dorian Gray*. Jugé pour homosexualité au cours d'un procès retentissant, il est condamné à deux ans de travaux forcés. Il meurt à Paris en 1900. Les *Aphorismes*, reflets de sa pensée et de son esprit, sont publiés quatre ans après sa mort.

Table

Première partie
De l'art d'être serein

Deuxième partie
Vivre serein avec les autres

Troisième partie
La sérénité selon la sagesse chinoise

Quatrième partie
Rester serein dans l'adversité

Cinquième partie
Les alliés de la sérénité

Composition réalisée par NORD COMPO

Imprimé en France sur Presse Offset par

BRODARD & TAUPIN

GROUPE CPI

La Flèche (Sarthe).
N° d'imprimeur : 7476 – Dépôt légal Édit. 11420-05/2001
LIBRAIRIE GÉNÉRALE FRANÇAISE - 43, quai de Grenelle - 75015 Paris.

ISBN : 2 - 253 - 15065 - 7 31/5065/3